魔法屋さんの弟子は
呪われ王子の最高の魔法使い

富崎 夕

Y U T O M I S A K I

一迅社文庫アイリス

CONTENTS

イヴェット
次代の賢者と噂される魔法使いの弟子。
魔法が制御できないことで、自信喪失気味。
現在、第二王子アレンの依頼を受け、
専属文官姿で解呪の手がかりを探し中。
アレン
エゼルクス王国の第二王子。
目を合わせると相手を眠らせるという、
地味に嫌な呪いにかかっている。
現在、呪いのせいで寝不足気味。
魔法屋さんの弟子は
The pupil is best witch
of the doomed prince
呪われ王子の最高の魔法使い

CHARACTER

エース

フェリクスが気にしている
眠りネズミ。

フェリクス

イヴェットが育てている
サラマンダーの幼体。

オリバー

忠義心の篤い第二王子
アレンの近衛騎士。

ジェナ

次代の賢者と目されている
イヴェットの師匠。

ベネディクト

エゼルクス王国の第一王子。

レスター

第一王子の専属文官。

WORDS

賢者　極めて優秀な魔法使いに贈られる称号。

サラマンダー　蜥蜴のような外見の魔法生物の一種。
人語を解し、ある日急に成獣化するらしい。

魔法屋　ジェナが切り盛りしている
魔法で人々の悩みを解決する店。

イラストレーション◆冨月一乃

魔法屋さんの弟子は呪われ王子の最高の魔法使い

The pupil is best witch of the doomed prince

第一章　呪われた王子

窓をすり抜けてきた光が瞼《まぶた》をつついた。

眠りから覚めたイヴェットは、のろのろとした動きで身を起こす。生まれたての陽光が頰《ほお》を掠《かす》めて、燃えるような赤い目を思わず細めた。

景色を四角く切り取る窓の向こうには、ぼんやりとした青の空に刷毛《はけ》で伸ばしたような薄い雲が浮かんでいる。長かった冬の時代は退いて、大陸の北西部に位置するこの国にも、ようやく春が訪れようとしていた。

春先の、湿り気と軽さを混ぜた風を想像しながら、イヴェットは窓を開けた。だが、朝の澄み切った空気を吸い込むより先に、胸元に軽い衝撃を覚えた。

「わっ」

ぶつかってきた何かに押され、少女の身体《からだ》はあっという間に寝台に沈んだ。伸ばしっぱなしの朱色の癖毛が豪快に広がる。これでは、起きる前の姿勢に逆戻りだ。

「おはよう、イヴェット！」

子ども特有の高い声がした。胸元に乗ってきた正体がわかって、イヴェットも「おはよう」

と返す。自然と、口元に笑みが浮かんだ。

「フェリクスは今日《きょう》も元気ね」

　フェリクスは切れ長の赤い目をさらに細めて、大きな口で弧を描いた。円筒型の胴体に生えた短い手足と長細い尻尾《しっぽ》。一見すると蜥蜴《とかげ》の外見をしている彼は、魔法生物の一種でサラマンダーと呼ばれる個体だ。人語を解する能力と背中に生えた二枚の翼が、民家の屋根裏に潜む蜥蜴との違いだろう。

「飛行訓練は順調？」

「うん、もうずいぶん高くまで飛べるようになったよ。ルーナのおかげだね」

　赤茶色の尻尾が誇らしげに揺れて、土の匂いを振りまいた。ルーナとは、ともに暮らす白梟《しろふくろう》の名前だ。イヴェットの師匠であるジェナの使い魔で、最近は翼の使い方をフェリクスに伝授してくれている。

「きっと今に、イヴェットを背に乗せて飛べるようになるよ。楽しみだなあ」

　短い手足をぐんと伸ばして、フェリクスは大きな口を開けた。

　今の彼はイヴェットの両手に収まるくらいの大きさだが、成獣のサラマンダーは大人《おとな》の背丈を軽く超える。文献によると、サラマンダーの成獣化は飛行機能が確立された後、ある日突然に起こるものらしい。彼曰《いわ》く飛行訓練は順調のようだし、この分だと彼の期待通り、そう遠くないうちに成獣化は起こりそうだと思えた。

「ぼくの背中に乗れるの、イヴェットも楽しみでしょ？」

「ええ、勿論《もちろん》よ」

イヴェットは笑みを返して身を起こした。あえなく胸元からお腹《なか》へと滑り落ちていったフェリクスの頭を撫《な》でると、彼はひと際嬉《うれ》しそうに鳴いた。

自室を出ると、師匠のジェナはまだ起きていないのか、廊下はしんと静まっていた。長細い廊下を進むイヴェットの足音だけがやけに響く。昨日《きのう》は鳴いていた春告げ鳥も、今朝《けさ》は沈黙していた。

腰ほどまで伸びた髪を揺らしながら目指す先は、この家の台所だ。

台所に着くと、イヴェットは真っ先に貯蔵箱を開けた。日光を避けて配置された箱には、市場で買ってきた野菜たちがぎっしりと詰め込まれている。

鮮度や栄養を考えながら野菜を見繕うイヴェットに対し、肩に乗ったフェリクスはぴくぴくと鼻を動かしている。翼をお行儀よく畳んではいるが、そわそわとした動きから食事が待ちきれないことが伝わってくる。

汲《く》み置きの水で野菜を洗っていると、階段を上がってくる足音がした。気づいたフェリクスがイヴェットの肩から飛び立つ。

「あら、フェリクス。朝からご機嫌だこと」

扉が開く音と張りのある声が耳に届いた。空気が動いたのか薬草の匂いがふわりと香る。

振り返ると、壮年の女性――師匠のジェナがそこにいた。伸ばした赤毛を無造作に一つに束ねた彼女は、旅装に身を包んでいた。長身で均整のとれた体つきは丈の長い外套《がいとう》で隠され、声を聞かなければ男性のようにも見える。

ぱたぱたと翼を動かすフェリクスがジェナの肩に着地したのを見届けて、イヴェットは野菜を切る作業に移った。包丁を操る手つきは慣れたもので、野菜を刻む規則的な音が響いた。

「起きてたんだ。静かだったから、てっきりまだ寝てるかと」

「一階で旅の準備をしてたからね。悪いけど、あたしの分の朝食はいいよ。もう出るからさ」

師匠の言葉にイヴェットは「わかった」と頷《うなず》きを返す。

ジェナは「旅」という言葉を使ったが、その実態は出稼ぎだ。

師はこれでも名の知れた魔法使いだ。魔法使いの世界には「賢者」という、その時代において極めて優秀な魔法使いのみに贈られる称号がある。数名程度しか授かれない名誉ある称号なのだが、この賢者の座に最も近いと言われているのがジェナなのである。

普段の彼女はその実力を生かして、魔法で人々の悩みを解決する『魔法屋』を切り盛りしているのだが、その収入は不安定で、月によっては家計が心許《こころもと》ない時もある。そんな時、彼女は遠くの商都へ出稼ぎに行く。人口が多い都市部のほうが、困り事を抱えた人間――即《すなわ》ち客になる人間が多くいるからだ。

（もう少し儲《もう》けを出すってことを考えてくれたら、出稼ぎに出る必要もないんだろうけど）

そっと心のなかで呟《つぶや》いた。

師匠が『魔法屋』を開いて十数年が経《た》つ。肝心の経営状況は、六対四ぐらいの割合で「悪い」のほうに天秤《てんびん》が傾く。その理由は単純で、ジェナの経営方針のせいだ。

彼女は、自分が面白そうと思った依頼を進んで引き受けるところがあり、採算が取れないような依頼であっても、興味をそそられる内容であれば簡単に首を突っ込む。その依頼が従来の魔法で解決できないようであれば、新しい魔法を開発して最後には何とかしてしまうほどだ。勿論、人々を救うための行動であるから、その経営方針を責める気はない。ただ、家計を管理する立場としては、一言言いたくなるのも正直なところだ。

「それで、今回はどこに行くの？」

フェリクスが食べやすいように野菜を細かく切りながら、イヴェットは問うた。

「まずは商都バーリッジへ。我が国エゼルクスで一番賑《にぎ》わっているのは、王都ルヴを除いてはあそこだからね。そこから少し南下して、スラウベリを経由して戻ってくるさ」

続けられた行き先は、ジェナが出稼ぎによく使う経路だった。

北部にあるバーリッジは、海に面した港湾都市という恩恵に与《あずか》って、商都として有名だ。イヴェットたちの住む小さな田舎《いなか》村セディングからでも、馬を使えば二日と半日ほどで辿《たど》りつける。国のほぼ中央に位置するスラウベリもまた、北部のバーリッジと南東にある王都ルヴを結ぶ中継地点として、それなりに栄えた都市だった。

「あんたのほうはどうすんのさ」

「え？」

「魔法協会が主催する夜会のことだよ。案内の手紙が来てただろう。今年もふける気かい？」

痛いところを突かれた。イヴェットは一瞬返答に詰まる。

基本的に、魔法使いの大多数は「魔法協会」という組織で管理されている。ジェナが口にした「夜会」とは、協会所属の若手が集まる宴《うたげ》のことだ。

公には魔法研究の発表会という位置づけだが、主目的は発表会後の懇親会にある。贅《ぜい》を尽くした料理は出ないが、美味《うま》い酒と国内でも評判の菓子が供され、互いの親睦を深め合う機会となっている。今年で十六歳を迎えるイヴェットは、二年前に初めて会へ参加した。勿論、発表者という立場ではなく、観覧者の立場で、だ。そしてそれ以降、一度も足を運んでいない。

懇親会で出された木苺《きいちご》のケーキは確かに美味《おい》しかったと、よい記憶だけを思い出しながらイヴェットは反論した。

「夜会は強制参加じゃないもの。サラマンダーの子を預かって育てていると言えば、皆さんも納得するわ」

「サラマンダー付きで夜会に行ったっていいと思うけどね。魔法生物を研究する若手なら嬉しがるだろうし。実際、あたしが若い頃《ころ》に行った会じゃ、でっかい一角獣を連れた魔法使いがいたよ」

「う……」

諭されて言い淀《よど》む。夜会を断るために、サラマンダーを預かっていることを言い訳にしたのは悪かったと思う。だが、ジェナは知らないのだ。夜会で交わされる密《ひそ》やかな会話を。偉大な魔法使いに引き取られ、直接手ほどきを受けておきながら実力が平凡な弟子は、どうも話題にのぼりやすいらしい。

二年前に浴びた、談笑とともに向けられた冷ややかな視線を思い出してしまって、イヴェットは渋面をつくった。

「まあ、あんたがしたいようにしなよ。ただし、不参加ならその旨を手紙にして先方へ送ること。約束だよ」

「わかってる」

「それじゃ、あたしはそろそろ出るよ」

師匠は話を切り上げた。夜会に出向かない理由を、人の機微に案外と聡《さと》い彼女なら察していそうな気がしたが、それ以上は追及してこなかった。気遣われているようにも思えて、イヴェットはわざと澄ました顔をつくる。

「いつも通りルーナは置いていくから。何かあれば、ルーナに頼んで手紙で知らせるんだよ」

「何かがあったことなんて、一度もないけどね」

「何よりじゃないか。便りがないことがよい便りだよ」

ジェナはにっと笑みを浮かべた。そうして、朝日が昇りきる前にと彼女は家を出ていった。

師がセディングの村を発ってから、三日が経った。

寝巻きから仕事着へ着替えたイヴェットは、いつものように畑を訪れていた。痩《や》せた身体を包む羊毛で織られた深緑色のワンピースは、同年代の少女と比べて小柄な部類に入るイヴェットにとっては少々長めの丈だ。レースなどの装飾のない素朴なワンピースは、時折吹く強い風を受けて裾《すそ》をはためかせていた。

植樹している林檎《りんご》の木の前を通ると、すり抜けてきた木漏れ日が白い頬に斑《まだら》模様を描く。

ジェナがいないので『魔法屋』は休業状態だが、家事仕事ならいくらでもある。今日も、朝から洗い物や部屋の掃除をするうちに、気づけば陽《ひ》は高いところまで上がっていた。

畑は最近春の植え替えを行ったばかりで、野菜や薬草の苗が一定の間隔を空けて並んでいる。

この時間は、畑仕事と魔法の練習に充てることにしているが、心はどうも晴れなかった。

「……夜会の手紙、そろそろ書かなきゃ」

溜息《ためいき》を吐《つ》く。三日前に「行かない」と決めた夜会だが、断りの手紙を書くのはそれなりに億劫《おっくう》だった。面倒な伝統をつくったものだと、己に流れる魔法使いの血に悪態を吐く。

「そりゃあね、わかってるわよ。私だって」

一人きりになった畑でイヴェットは低く呟く。思い出しているのは、初めて夜会に参加した時に受けた値踏みするような視線と、耳に届いたさざめき声だ。

「どうせ半人前よ。懇親会の時、陰でひそひそ言われてたの、気づいてたんだから。『あの次代の賢者がとった唯一の弟子なのに』とか、『実力が不安定な凡人』とかなんとか。平凡で悪かったわね」

ぐちぐち言いながら、イヴェットは井戸から水を汲み上げた。

ジェナのことは嫌いではないが、「次代の賢者」と称《たた》えられる彼女を師に持つからこそ、時折卑屈な精神が出てしまう。密やかな会話に気づけない性格ならよかったが、生憎《あいにく》とイヴェットは他人の目が気になる性質だ。

「……まあ、魔法が不安定だっていうのは、その通りだけど」

声が低く落ちる。陰口に耳が痛いと感じるのは、他人からの評価と自身の認識に重なる部分があるからだ。

魔法を行使するには魔力が必要で、その魔力は血で受け継がれていく。物心のつく前に亡くなったイヴェットの両親も魔法使いだったから、自身にも充分な魔力は宿っている。ただ、それを統御する才に恵まれていないのか、魔法の成功率は低い。これでは、ジェナの『魔法屋』を手伝おうにも足手まといだ。

「イヴェット！」

暗い思考を中断したのは、愛《いと》しい彼の声だった。

次いで上空から聞こえた羽音に、俯《うつむ》かせていた面を上げると、二階の自室で待たせていたはずのフェリクスが飛び降りてきていた。軽快に舞う姿を見ると、身体から余計な力が抜けて自然と目元が和んだ。

翼をはためかせ、旋回してみせたフェリクスは、イヴェットが伸ばした腕の先に尻を落ち着けた。見たところ、飛行に関しては全く問題がないようだ。

「何してるの？　魔法の練習？」

「そう、畑の水まきも兼ねてね。見学してく？」

「もちろん！」

「それじゃ、水を操るから濡《ぬ》れないように離れてて」

冷えが大敵なサラマンダーを想《おも》って忠告すると、フェリクスはふわりと宙に浮かんだ。彼が充分に距離をとった頃を見計らって、イヴェットは腰にくくりつけていた革袋から杖《つえ》を取り出した。林檎の木でできた小ぶりな杖は、幼い頃に師から与えられ、ともに年月を重ねてきた大切な仕事道具だ。持ち手の部分には魔《ま》除《よ》けや癒しを司る紅玉《ルビー》が嵌《は》め込まれている。

一般に、魔法使いは自身に馴染《なじ》んだ道具を使い、魔力を流し込んで魔法を行使する。単なる名詞としての「道具」と魔法を媒介する「道具」との混同を避けるため、後者は「魔道具」とも呼ばれている。

一つだけ、魔道具に関する鉄則があるとすれば、その道具に込められた愛着が魔法効果を最大限に引き出す、ということだろう。武人が、使い込んだ武器ほど本来の能力を発揮できるように、愛着のある魔道具ほど強い魔法を扱える。イヴェット自身、幼い頃に与えられたこの杖には充分な愛着も抱いていて、よき相棒だった。

井戸の水をたっぷりと入れた桶《おけ》の正面に立つ。杖の先を桶の縁に三度打ちつけ、次いで空中に大きな円を描いた。

これから行うのは、対象を任意の場所へ吹き飛ばす魔法だ。集中を切らすことなく、持ち上げた杖を動かし、水をまきたい場所に座標を打っていく。途中、視界を覆う横髪の一房を耳に掻《か》き上げた。

息を吐いて、体内をめぐる魔力を杖に注ぎ込む。充分な魔力量が杖に流れ込んだのを感じて、イヴェットは「よし」と姿勢を正した。

視線を座標に定め、完成した魔法を繰り出さんと杖を振った。その動きに応じて、即座に桶の中の水が念じた座標に向かって飛んでいく――はずだった。

桶の中の水は、微動だにしなかった。同時に、発動しかけた魔法が瓦解していく感覚を肌で感知する。

「……」

イヴェットは無言で前を見つめた。魔法の代わりに頼りない風が吹いて、桶の水面と頬を撫でて去っていく。

穏やかな波紋をつくる水を見て、イヴェットはがくりと肩を落とした。

「失敗、ね……。初歩の魔法のはずなのに」

魔力は充分に送り込んだし、手順も教本通りに踏んだ。それなのに、魔法は発動目前で壊れて不首尾に終わってしまう。この数年、イヴェットの魔法はずっとこんな調子だ。

（ジェナは、私の魔力量は充分にあるって言っていたから、あとはそれを統御する技術が釣り合ってくればいいんだろうけど……）

一朝一夕に身につく技術ではないのだろう。成功への道のりは遠そうである。

溜息を吐いて、地面に置いた桶をそっと持ち上げた。魔法で水をまくのは諦《あきら》めて、人力で水まきしようと動き出した時だった。

「イヴェット、元気だして。もう一回、やってみようよ！　今の魔法、すごくおしかったと思うんだ。もう少しでせいこうしそうだったもの」

「本当？」

「うん、ほんとだよ！　もうひと息だったよ。だから、もう一回やってみたらどうかな？」

「……そうね。わかった、もう一回だけやってみるわ」

本音では、そううまくはいかないだろうと思った。けれど、フェリクスが折角提案してくれたことを断る気にはなれない。イヴェットは困ったように笑い、杖を持ち上げた。

集中して、杖に魔力を注ぐ。先ほどと同じ手順で魔法を構築し終えると、再度、イヴェットは杖を振った。

刹那《せつな》、春嵐にも似た強い風が吹いた。魔法による風ではない、自然のものだ。

「わっ」

咄嗟《とっさ》の出来事にイヴェットは目を瞑《つぶ》る。よほどの強風なのか、畑に植えていたマグノリアの花弁を連れてきた風はそれだけでは飽き足らず、少女の長く伸びた髪を揺らしていく。波打つように広がる朱色の髪に真白の花びらの何枚かが舞い落ち、華やかで上品な匂いが鼻腔《びくう》をくすぐった。

突然の事態に慌てながらも、イヴェットは皮膚に伝わる感覚を鋭敏に感じ取る。

強風のせいで目を瞑ってしまったが、膨れ上がった魔力が杖先から放出された感覚がしたのだ。同時に、「すごいよ、イヴェット!」とフェリクスの弾んだ声が風に乗って届く。

(これは……ひょっとして成功した……!?)

薄く目を開けた。すると、予感に応えるように、正しく発動した魔法によって桶の中の水が空中に巻き上げられていた。水はいくつかの塊に分かれ、それぞれが先ほど指定した座標へと勢いよく飛んでいく。

待ち望んだ景色を視界に入れて、やった、と手ごたえを感じた。そこまでは、よかった。

「え……」

魔力が霧散する感覚がして、呆《ほう》けた声が漏れた。

ようやく成功した魔法だったが、しかしすぐに壊れてしまったらしい。魔法から解放されて制御不能になった水の塊たちが破裂し、あらぬ方向へと飛び散っていく。

悪いことには、塊が飛び散った方向の一つに人がいたことだ。

あっと思った時にはもう遅い。空から降り注ぐ水は一直線にその人物に向かっていく。その動きがやけにゆっくりと見えて、散らばった透明な滴《しずく》が陽光を弾《はじ》いてきらめいたのを「綺麗《きれい》だな」なんて思ったりしたのも一瞬で。

気づいた時には、飛び散った水がその人物の頭から爪先《つまさき》までをたっぷり濡らしていた。幸いだったのは、相手が外套を目深に被《かぶ》っていたことだろうか。

「す、すみません」

謝りながら、相手のもとへと駆け寄る。フェリクスもそれに追随した。

その人物が立っていたのは、畑へと通じる小道の途中だった。少し戻れば『魔法屋』の入り口があるはずだから、来店しようとして「休業中」の看板に気づき、畑にいたイヴェットに気づいて寄ってきたというところだろうか。

走ったことで上がった息を整えつつ、イヴェットは目の前の人物を観察する。背はイヴェットよりも高く、細身だ。外套のせいで顔を窺《うかが》うことはできなかったが、背格好から男性のように思われた。纏《まと》った灰色の外套は市場でもよく目にする既製品で、長旅でもしてきたのかところどころにほつれがあった。全身をすっぽり覆う長さのそれに阻まれ、武器の所持は確認できないが、左腰のあたりに膨らみがあるから剣を佩《は》いているのかもしれない。

第三者の声が飛んできたのはその時だ。

「お待たせしました。なかに入《つ》ってみましたが、やはり不在のようで……──って、ええ!?」

現れたのは、黒の巻き毛に吊り上がり気味の猫のような目が特徴的な少年だった。

目の前の惨状に、彼は栗色《くりいろ》の瞳《ひとみ》を大きく見開かせる。呼応するように、ぽたりと男の外套の裾から水が滴った。

「アレン様！　一体何事ですか！」

「少し濡れた」

外套を纏った人物から返る声も年若く、少年の声だった。口調からして、アレンと呼ばれた少年が主人で、猫目の少年が従者らしかった。

「見ればわかります！　少しどころでもないですよ。頭のほうとかずぶ濡れじゃないですか」

言いながら、従者が主人のもとに駆け寄ってくる。

その間に、イヴェットは密かに、二階へ戻っているようフェリクスに命じる。彼がふわりと飛び上がっていくのを見届けて、改めて謝罪を口にした。

「あの、すみません。魔法の練習をしていたら強風に邪魔されて、狙《ねら》いが狂ってしまいました」

「あんたですか。この状況を引き起こしたのは」

きっと従者が睨《にら》みつけてくる。身軽な格好をした彼の腰には剣がある。いくら何でもその剣で斬《き》りかかってくることはないだろうが、気迫に押されて思わず一歩後退《あとじさ》った。

「よせ、オリバー」

抑揚のない平坦な声でアレンが命じる。オリバーと呼ばれた従者は不満そうな顔をした。

「ですが……」

「濡れたのは外套だけだ。脱げば問題ない」

そう言って、彼は外套に手をかける。目深に被っていた覆いが外され、隠されていた全身が露《あら》わになった。

そこにいたのは、イヴェットとそう変わらない年頃の少年だった。

腰にはやはり剣が佩かれていた。身に纏っているのは麻のシャツに黒のズボンという組み合わせで、商都で目にする一般的な格好だ。アレン自身が言った通り、外套の下はさほど濡れていないようだった。指通りがよさそうなさらさらの銀髪が風になびき、癖毛のイヴェットはそれを内心で羨《うらや》ましく思う。

長い睫毛《まつげ》に縁どられた瞳は冷やりとした深い青色をしており、旅の疲れが出ているのか、その下には隈《くま》ができていた。だが、隈によって彼の瞳の美しさが損なわれることはなく、むしろ何よりも目を惹いたのは、伏せられたままの彼の瞳だった。

「目は心の窓」とも言われるように、感情や考えが表出される部位のはずだ。だが、彼の瞳からは一切の感情が読み取れない。見る者にしんと静まった水面を想起させるような、どこか達観した、老成した瞳をしていた。

外套を丁寧に畳んだアレンは「そうか」とぽつりと呟いた。

「ジェナ殿は、噂《うわさ》よりも年若い方だったのだな」

「へ？」

イヴェットは目を丸くした。「いえ、違うでしょう」とオリバーが一刀両断する。

「召使いかなんかじゃないですか」

「……弟子です」

嘲《あざけ》るような笑みを浮かべたオリバーに、イヴェットはついむくれてしまう。同時に、ジェナを噂程度にしか知らないということは、彼らは魔法使いではないのだろうという推測が立つ。セディングの村では見かけない顔だったので、遠くの地方からやって来たのかもしれない。

「魔法屋に御用でしょうか」

「ああ、魔法使い殿に助けてほしいことがある」

どうやら本当に客のようだ。師匠は不在ではあるが、こうした場合の対応もイヴェットは熟知していた。

溜息を隠しながら、イヴェットは彼らに店に入るように促した。

魔法屋の店は、薬草の匂いで満ちていた。イヴェットには慣れた匂いだが、初めて来た者には不快だろうと思い、手近な窓を開けて換気しておく。

来店した客には必ず振る舞うようにしている香草茶を淹《い》れると、受け取ったオリバーの顔に警戒の色が滲《にじ》んだ。

「何です？　これは」

「うちの畑で栽培しているカモミールを使ったお茶です。よかったら」

猫目の少年はやや躊躇《ためら》ったようだが、結局一口飲んで、それがただの茶であることを確認したうえでアレンに向かって頷いた。どうやら毒見役を兼ねているようだ。当のアレンはと言えば、こうした店が初めてなのか、乾燥させるために天井から吊り下げた薬草を見つめている。

二人が落ち着いた頃を見計らって、イヴェットは切り出した。

「それで、今日はどのようなご用件でいらしたんですか？」

「俺《おれ》にかけられた呪《のろ》いを解いてほしい。できるならば、その呪いをかけた人物の特定も頼みたい」

てっきりオリバーが答えるのかと思ったが、発言したのはアレンだった。

告げられた内容は思いがけないもので、イヴェットは眉《まゆ》を顰《ひそ》める。

「呪い」とは、魔法使いが悪意を持ってかけた魔法のことを指す。その種類は多岐にわたり、なかには人を死に至らしめるものもある。

「……かけられた呪いというのは、どのような？」

「見つめ合った者を眠らせる呪いだ」

間髪入れずにアレンは答える。イヴェットは瞳を瞬《まばた》かせた。

「そんな呪いがあるのですか」

思わず呆けた声が出た。古今東西、様々な呪いがあることはイヴェットも知っている。糸車の針で指を突きさし、一国の姫を眠らせた呪いや、見つめ合った者を石に変える呪いなら耳にしたことがあった。だが、アレンが言った呪いは、これまでの人生で一度も聞いたことがない呪いだった。

口ぶりからすると、呪いは彼の瞳に宿っていることになる。道理で、先ほどから視線が合わないわけだ。

頼りない返答を寄こしたイヴェットに失望するわけでもなく、アレンは淡々と告げた。

「言葉で説明するより、見てもらったほうが早いだろう。――ところで、窓の外にいる白梟は君の知り合いか？」

訊《き》かれ、窓の向こうに視線を移すと木の枝に止まったルーナの姿があった。主人の不在中に客が来店したとあって、監視をしてくれていたのだろう。

視線に気づいたルーナが木から飛び降りてくる。イヴェットは自身の肩を止まり木として差し出してやった。

「君に懐いているんだな」

「ルーナ……彼女はジェナの使い魔で、一緒に暮らしていますから」

「魔法使いの関係者ということか。それならば都合がいいな」

「どういう意味ですか？」

アレンの意図が読めず、イヴェットは首を傾《かし》げた。

「俺に呪いがかかっているという証明が必要だろう。その梟を一時的に眠らせても構わないだろうか」

「……私じゃだめですか？」

「証拠を見せるっていうのに、あんたを眠らせたらだめでしょう」

わざとらしい溜息を吐いて、オリバーが肩を竦《すく》めた。それはそうかもしれないのだが、とぐっと反発する心を抑えて、イヴェットは問いかけた。

「一時的に眠ってしまうだけで、危険はないのでしょうか？　具合が悪くなるとか、目覚めなくなるとか、そういうことはないと考えていいんでしょうか」

「この梟なら、おそらく大丈夫だ」

「……ルーナに何かあれば、私もジェナも依頼は受けられませんよ」

「わかっている」

「ルーナも、それでいい？」

尋ねると、白梟の目は優しく細められ「諾」と返ってきた。

イヴェットとしても、呪いがかかっていることを確認しておきたい気持ちはある。ここは、彼女の協力を仰いだほうがいいだろう。

ルーナには机の上に立ってもらい、イヴェットは少し距離をとった。

白梟は少し緊張した様子だった。一方のアレンは表情を変えることもなく、落ち着いた様子でルーナの正面に立つ。

二者の視線が出会う。瞬間、ざわりと肌を撫でる感触があって、それがアレンの瞳に宿った呪いの残滓《ざんし》なのだと気づいた時には、ルーナの身体は糸が切れたように倒れていた。

力が抜けて崩れ落ちた彼女は、机に突っ伏したまま動かなくなる。

「……ルーナ！」

イヴェットは慌てて駆け寄った。倒れたルーナに触れると、その身体は僅《わず》かに上下しており、瞳を閉じた様子から彼女が確かに眠っていることがわかる。

心配そうなイヴェットを視界から外して、アレンが補足した。

「目覚めるのに、そう時間はかからないはずだ」

その言葉通り、倒れてから十数秒後に梟の目は再び開いた。きょとんとした顔の彼女は、さっきまで自分が寝ていたことを忘れていたみたいにいつも通りだ。

「体は平気？　苦しいとかはない？」

柔らかい羽毛に触れながら状態を確認してみたが、何の異常も起きていないように見えた。ルーナ自身も「大丈夫」だと目線で訴えてくる。

奇妙な呪いだ。ばたりと倒れて、何事もなかったように目覚める。気味の悪さはあるが、命を奪う呪いのような危険なものではない。ただただ、地味な呪いだ。

「……確かに、呪いがかけられていることはわかりました。すぐにジェナに手紙を送ります。出稼ぎから戻って、解呪を最優先で行うよう話を進めます」

「それは助かる。既に出張に出ているところを呼び戻すのだから、報酬も弾むつもりだ」

そう言って、アレンはオリバーに体を向けた。呪いのことがあるからか、目配せこそなかったが、主人の意を汲んだ従者の動きは素早かった。頑丈そうな革袋から硬貨特有の音がして、二十枚ごとに束ねられた硬貨たちが次々と取り出されていく。その数の多さに、イヴェットは己の目を疑った。

「こ、こんなに……」

机に並べられた硬貨の枚数は、最終的には百を超えた。

思わず喉《のど》がごくりと鳴った。魔道具の新調やら、ジェナが新魔法の開発に失敗して空けてしまった屋根裏の穴の補修やらに回しても充分にお釣りが出る金額だ。アレンは見たところ自分と同年代だろうに、これほどの大金は一体どこから出てきたのか。

「……一ついいでしょうか。お客様は、貴族の方でいらっしゃいますか？」

問えば、相変わらずの淡々とした口調で彼は言った。

「自己紹介が遅れてすまない。俺はアレン・ヴィクター・エゼルクス。現エゼルクス国王の息子で、この国の第二王子だ」

「え……」

予想外の正体に咄嗟に返す言葉が見つからなかった。頭のなかで、今しがたのアレンの発言を繰り返してみたが俄《にわ》かには信じられない。

肖像画などが回ってこない田舎村だが、彼の名前は耳にしたことがあった。だが、「アレン」という名前自体はありふれたものであるし、王子と言えば正妃の血を引く第一王子のベネディクトのほうが有名なので、どうも第二王子の存在感は薄くなる。

改めて、目の前に立つ少年をまじまじと眺めた。思い返せば、彼の所作は洗練されていたように思う。日焼けとは無縁の白い肌や通った鼻筋もまた、彼の生まれ備わった気品を引き立たせている。丸みが残る頬はまだあどけなさを感じさせるが、正装に身を包めば一国の王子らしい貫禄《かんろく》が出てくることが想像できた。

イヴェットの動揺に対して表情一つ変えない彼は、隣に立つ少年を「騎士のオリバーだ」と紹介して続けた。

「それで、報酬の件はどうか。これでは足りないか」

「い、いえそんなことは。充分な額ですよ」

「ならよかった」

アレンの口から少しだけ息が漏れた。

「アレン様、そろそろ出なければ。日没までには次の宿場に到着しておきたいですし」

「ああ、そうだな。……ジェナ殿の弟子殿」

「イヴェットです」

「失礼、イヴェット。君も俺たちとともに王都に来てほしい」

「はい?」

一瞬で目が点になる。そんなイヴェットを置き去りにするようにアレンは言葉を継いだ。

「なるべく早く解決したいんだ。ジェナ殿が不在の間、君が魔法を使って解呪の手がかりを探してくれるなら、解決への道のりが楽になる」

「それはそうかもしれませんが……」

突然の提案にイヴェットは口籠《くちごも》る。

王宮に呪いの痕跡《こんせき》が残されているなら、それを探って解呪の手がかりを得ることはできるだろう。おそらく、ジェナもそうする。必要とあれば、解呪のための魔法も新たにつくろうとするだろう。

逡巡《しゅんじゅん》するうちに、イヴェットの耳にからんからんと来店の音が届いた。ルーナの白い身体がぴくりと反応して、つられてイヴェットも音のしたほうを見やる。

空いた扉の先に、陽光を背負った魔法使いの男が立っていた。

「ご無沙汰してます。イヴェット」

「あ……お久しぶりです」

白を基調とした外套に身を包んだ男には、見覚えがあった。どこで見たのかと回想して、それが二年前の夜会であったことに気づくのと、男が口を開くのはほぼ同時だった。

「夜会のお迎えに上がりました。今宵《こよい》の会場までお連れしますよ」

「お迎えって……夜会はもう少し先の日程では？」

訝《いぶか》しんだ表情で問うと、彼は「はて？」と首を傾げて顎《あご》に手を当てて言った。

「夜会は今夜の開催ですよ。ほら、これが招待状です。同じものが届きませんでしたか？」

歩み寄って、彼の手に収められた手紙文を確認する。日付は確かに今日を示しており、イヴェットは慌てて自身に届いた招待状を開いた。こちらは七日後の日付が記されていて、よく目を凝らすと日付を表す数字が不器用に歪《ゆが》められている。

推測だが、招待状の日付がインクで修正されていたのだ。勿論、イヴェットに届けられた招待状が、だ。

（古典的な嫌がらせ……。二年前の夜会にいた誰《だれ》かの仕業ね）

当時の会に同席していた魔法使いたちの顔を思い浮かべる。あの場にいた誰かが、嘘《うそ》の日付に書き換えた招待状を送りつけてきたのだろう。

「……もしかして、不参加でしたか？」

気まずそうな声が頭上に落ちる。仰ぎ見た魔法使いは、善良そうな顔に困惑の色を浮かべていた。おそらく彼は白だろう。不参加を示す手紙が届かなかったから、送迎係として来ただけの無害な人だ。

とはいえ何と返せばいいか。イヴェットが返答に悩むうちに、店内を見回した彼は何かに気づいたように声を上げた。

「ああ、来客中だったんですね。これは失礼しました」

「あ、えっと……」

「ひょっとして、魔法屋の仕事が入ったところでしょうか」

「……そ、そう。そうなんです」

勢いに任せて、イヴェットは彼の説を肯定した。内心では、邪《よこしま》な考えが渦を巻いていた。ここで話を合わせておけば夜会に行かずに済む、という打算だ。丸っきりの嘘でもないから、いったん開いた口はするすると次の言葉を乗せていく。

「出席しようと思っていたんですが、その……たった今仕事が入ってしまって」

あたかも、初めから行くつもりであったけれど、急遽《きゅうきょ》仕事ができてしまったから不参加にします、とでも言うように。つい見栄を張ってしまった。

イヴェットの言を、目の前の彼は信じてくれたようだった。真面目《まじめ》な顔をした彼は、「なるほど、わかりました」と言った。

「今年も不参加ということですね。残念ですが、またの機会に」

「はい、また……」

相手の礼に合わせて、イヴェットも礼を返す。人のいい彼は、イヴェットの話をすっかり信じたまま、魔法屋を出ていった。

「……ごほん」

わざとらしい咳払《せきばら》いがして、イヴェットは肩を揺らした。口を噤《つぐ》んで振り返ると、何か言いたげな顔をしたオリバーと、それを諌《いさ》めるように肩を押さえるアレンの姿があった。

先に口を開いたのはアレンだった。

「イヴェット」

「は、はい」

「今の話だと、君は俺たちの依頼を引き受けてくれる。そう考えて問題ないな？」

申し開きのしようもない。イヴェットが答えるべきは、一言だけだ。

「……はい。誠心誠意、努めさせていただきます」

第二章　独りぼっちの王宮

頑丈そうに見えた扉は、少し力を加えるだけで案外するりと開いた。

「……広いお部屋ね」

中に入るなり、イヴェットは感嘆の溜息《ためいき》を漏らした。

今いる場所は、王宮の隅にひっそりと設けられた客室だ。滞在中にイヴェットが寝泊まりする場として与えられた部屋なのだが、セディングの家の自室と比べると優に五倍以上の広さがある。

「こんなに広くちゃ、逆に落ち着かないわ……」

そう零《こぼ》しながら、ぐるりと室内を見回す。

部屋の中央に配置された机は天板に薔薇《ばら》の象嵌《ぞうがん》細工が施されていた。寄り添うように置かれた椅子《いす》はふかふかな座面と優美な曲線を描く猫脚が印象的だ。真っ白な壁にかけられた麻織のタペストリーは、エゼルクス建国神話の一場面を表現したもののようで、刺繍《ししゅう》の緻密《ちみつ》さに思わず見入るほどの逸品だった。

さすがは王国の客室だと心のなかで唸《うな》ったところで、イヴェットの視線は天蓋《てんがい》付きの寝台に釘付《くぎづ》けになる。

旅で疲れた足は、荷解《にほど》きもそこそこに寝台に向かう。辛《かろ》うじて残った理性で、外套《がいとう》だけは椅子の背にかけた。

勢いよく寝台に横たわると、身体《からだ》が急に重くなった気がした。迎えてくれた寝台がこれまでに経験したことのない柔らかさだったせいもあるだろう。

「はあ……。疲れた……」

溜息と呟《つぶや》きが同時に漏れた。

王宮に着くなり、アレンは自室に引っ込んでしまい、オリバーも馬の世話のため厩舎《きゅうしゃ》へと向かっていった。呪《のろ》いの調査は明日以降に持ち越しとなったため、今から明日《あす》の朝までは貴重な休息の時間だ。

「何とか日暮れ前に着けてよかったけど……気づけばもう夜ね」

横になったまま顔を窓のほうへ向ける。城門をくぐった時には夕日が見えていたのだが、客室へ辿《たど》り着くまでに思ったより時間が経《た》ってしまったのだろう。空を大きく切り取った窓からは星が瞬く夜空が見えていた。

この部屋が四階に位置することもあってか、窓から見える景色は魔法屋の二階から見えるものとは異なっていた。改めて、自分は遠い場所へ来たのだと実感する。

「……成り行きで来ちゃったけど、大丈夫よね。フェリクスは魔法使いのマードックに預けたし、経緯を書いた手紙は、ジェナに届けてもらえるようルーナに託したし……」

気にかかるのは、その手紙を読んだ師匠が王宮に来るまでに何日かかるかということだ。

「早くて一週間後ぐらいってところかしら。その間だけ、適当に魔法をかけて手伝うふりをしていればいいんだわ。……まあ、私にできること自体、そもそも少ないいんだけど」

ちくり、と苦い現実が胸を刺して、イヴェットはぎゅっと目を瞑《つぶ》った。

現実から逃避するように、瞳《ひとみ》を閉じたまま寝台の上で丸くなる。視覚の情報が断たれ、代わりに鋭敏になった聴覚が懐かしい声を捉えたのはその時だった。

「やあっと見つけた！」

「……え？」

ぎょっとして、目を開いた。

身体が一瞬のうちに軽くなったように、がばりと身を起こす。声がしたのは、先ほど見ていた窓の向こうからだった。

視界に入ってきたのは、背中に一対の翼を持つ赤茶色の蜥蜴《とかげ》。空中にふわりと浮いてその翼で風を切る姿は紛れもなく、セディングの村に置いてきたサラマンダーだった。

「フェリクス！」

夜にもかかわらず、思わず大きな声を出してしまった。まさか外の衛士に聞こえてはいないだろうかと、イヴェットは咄嗟《とっさ》に口を手で押さえ、急いで窓を開けてやった。

花冷えのする季節の夜風は冷たく、招き入れたフェリクスの身体もひんやりとしていた。知り合いの魔法使いに預けたはずの彼が何故《なぜ》、ここにいるのか。聞きたいことが頭のなかを駆け巡っていたが、今は彼を温めることが先決だ。

手触りのいい毛布をかけてやりながら、イヴェットは慌てて備え付けの暖炉に走った。手際よく薪《まき》をくべて火を熾《おこ》そうとしたところで燐寸《マッチ》が見当たらないことに気づく。魔法で熾せないこともないが、失敗する恐れもある。不発に終わるだけならまだいいが、水まきの時のように魔法が制御不能に陥って小火《ぼや》騒ぎを起こしてはまずい。

手は杖《つえ》に触れつつ、魔法を行使するか悩んでいると、察したらしいフェリクスが寄ってきた。イヴェットが声をかける間もなく、彼はふぅと薪に向かって小さく息を吹きかける。瞬間、吐息は小さな小さな火に代わり、薪に燃え移った。

「……フェリクス」

「へへ、これでいい？」

「……うん、助かったわ。ありがとう」

得意げなサラマンダーに小さく微笑《ほほえ》みを返し、イヴェットは寝台へ戻った。浅く腰を落ち着けたところでフェリクスが飛び込んでくる。

「よかった、やっとイヴェットに会えた」

安心したような声が耳に刺さる。小さな身体を胸で受け止めて、イヴェットは引っ付いてくる彼を抱きしめてやった。甘えるような仕草がいじらしく、一時的とはいえ彼と離れる選択をしたことを後悔した。

「……置いていってごめんなさい。でも、どうやってここに辿り着けたの？　マードックが家に来てたはずでしょう？」

世話を頼んでいた魔法使いの名前を出せば、フェリクスは身を捩《よじ》らせた。

「うん、来てたよ。でも、ぼくはイヴェットに会いたかったから。マードックの目をぬすんで、こっそり出てきちゃった」

「こっそりって……マードックには何も言わずに？」

「うん。だって、言ったら止められるって思ったから。……止められちゃったら、イヴェットには会いに行けないでしょう？　それはちょっと……さびしかったから」

「……ごめんね。寂しい思いをさせたわね」

フェリクスは「ちょっとだけね」と小さく笑った。

「でも、マードックには悪いことしたなあ。魔法屋に帰ったら、あやまりにいかなくちゃ」

「その時は、私も一緒に謝るわ」

そう返すと、目の前の幼子は嬉《うれ》しそうに笑みを深くさせた。そして、思い出したことがあったのか、甲高い声を上げた。

「あ！　そういえば」

「どうしたの？」

「ここに来る途中で、こまってる子を助けたんだった」

「困ってる子？」

鸚鵡《おうむ》返しに問えば、フェリクスは「そう！」と胸を張り、そのままくるりと背中を向けた。

イヴェットもようやく気づき、あっと声を上げた。フェリクスの背にしがみつくように、一匹のネズミがへばりついていたのだ。

「あなた、その子をどうしたの」

「ここに来る前に見つけたんだ。このへんの部屋のまどべにいて、『たすけて』って声が聞こえたから、放っておけなくて」

「そうだったの。助けられてよかったわ。この寒空の下じゃ、凍死してしまう可能性もあったから」

「へへん、ぼくだって魔法屋の一員だからね。だれかのために動くことは当然だよ」

照れながらも、自分の行いが褒められたことは満更ではない様子だ。その素直さが可愛《かわい》らしく、イヴェットは目を細めた。

「この王宮にも野ネズミはいたのね。魔法屋の屋根裏やセディングの酒場でなら珍しくもないんだけど」

常に掃除の行き届いていそうな王宮だが、考えてみれば厨房《ちゅうぼう》や厩舎もあるのだ。ネズミ捕りのために猫を雇用した国王がいるとも聞いたことがある。それくらい、彼ら野ネズミとの共存は不可避なのだろう。

イヴェットは、フェリクスの背中に張りついたままのネズミをとってやった。大事に手に抱えて診ると、外気温に晒《さら》されたせいでやや弱っているが、確かに息をしていた。小さな丸みのある体つきに、背面は銀色をしており、腹面は白がかった褐色だった。ネズミのなかでも「眠りネズミ」と呼ばれる種類だとわかる。

しげしげと眺めていると、くしゅん、とくしゃみのような音が眠りネズミから聞こえた。

「あ、ごめん。寒いよね」

観察をやめて、イヴェットはフェリクスに与えていた毛布の端を、眠りネズミに巻きつけてやった。暖炉の温もりが部屋を包みつつあったので、このまま毛布をかけていれば問題ないだろう。

(フェリクスが助けたいと思って手を伸ばした相手だもの。絶対に元気になってもらわないと)

祈りを込めて、イヴェットは眠りネズミの体を優しく撫《な》でた。その体は思いのほかふくふくとしており、イヴェットはふふっと笑みを浮かべた。

「さすがは王宮に住まう眠りネズミ。いいもの食べているのね。毛並みは綺麗《きれい》だし、お肉も充分ついてる」

呟きに気づいてか、眠りネズミの瞳がぱちりと開いた。覗《のぞ》いた瞳は綺麗な青色をしており、物珍しさから覗き込もうとしたイヴェットだったが、途端に眠りネズミが暴れ出す。

「わっ」

じたばたした彼に負け、手を放すと小さな体は扉を目がけて一目散に走り出した。――のも束《つか》の間、待っていたとばかりにフェリクスの手足で囲われる。

「つかまえた！」

「フェリクス、優しくしてあげてね」

サラマンダーと眠りネズミの体格差を考え、助言を挟んでおいた。彼が間違えて歯を立てたりしたら、出血多量で眠りネズミの命はないかもしれない。

「わかってるよぉ。ねえ、君の名前は？　このおしろに住んでるの？」

鼻先を眠りネズミに擦《こす》りつけ、フェリクスは質問する。やがてか細い鳴き声が何度か聞こえたが、イヴェットには眠りネズミが何を語ったのか理解することはできなかった。

「何て言ってるの？」

「あ、そうか。イヴェットにはわからないんだったね」

サラマンダーは魔法使いと関係が深い故《ゆえ》、人間の言葉を自在に操ることができるが、そうでない生物は魔法使いも意思疎通が難しい。使い魔のルーナのように長年過ごしている相手なら、考えていることも推し量ることができるが、今日《きょう》初めて会っただけの眠りネズミ相手にはそうもいかない。

「名前はエースっていうんだって。家族とずっとおしろでくらしてるみたい」

「へえ。王宮に眠りネズミの一家が……」

きらびやかな王宮の片隅で生きる逞《たくま》しい小さな一家を想像すると、イヴェットの頬《ほお》は自然と緩んだ。

「フェリクスが窓辺で見つけた時は夜のお散歩中だったのかしら。無事に助けられたからよかったけど、今度出歩く時は家族と一緒にいたほうがいいかもしれないわね。掃除人の人に見つかったら大変でしょう」

「そうだ、君の家族はどうしてるの？　しんぱいして君のことを探してるんじゃないかな。元気になったら、君のお家まで送りとどけてあげるよ」

フェリクスが語りかけると、眠りネズミことエースの表情が暗くなった。気づいたフェリクスは腕の拘束を解いてやり、代わりに背後から包み込むように小さな身体を抱き締めた。その間にエースが何かを話したのか、サラマンダーは重たそうに口を開けた。

「エース、家族とは最近なかがよくないみたい」

「そう……」

しゅんとなったエースと育て子を見て、イヴェットも切ない気持ちになる。種族は違えど、集団で生活する気質は人間もサラマンダーも、眠りネズミも一緒だ。家族の仲はいいに越したことはないだろう。

「……あっ、じゃあさ。これから、もし家族とうまくいかなくて落ちこんだり、ちょっと気分を変えたいときは、ぼくらの部屋に来たらいいんじゃないかな」

名案を思いついたように、フェリクスがきらきらとした瞳で言った。眠りネズミは目をぱちりと開けて、言われた言葉の意味を反芻《はんすう》するように瞬《まばた》きをする。

「落ちこんでいるときや悲しいときに、ひとりでいるのはつらくてさびしいよ。だからさ、そんなときはここに遊びに来てよ。話だって聞くし、いっしょに夜のおしろも散歩しよう」

「でもフェリクス、話を聞くのはいいけど散歩は……。私はともかく、あなたの存在がほかの人に知られたらまずいわよ」

「もちろん、見つからないように気をつけるよ。そうだ、目くらましの魔法ってイヴェットは使えるんだっけ？」

「……それはまだ練習中」

目くらましの魔法は、つい二週間ほど前にジェナから教わった。生憎《あいにく》と出来栄えにはムラがある。もっとも、どの魔法もそんな具合なのがイヴェットの現状だ。

育て親の返事に気を落とすこともなく、フェリクスは「なら、見つからないように目いっぱい気をつけるよ！」と無邪気な声で返してくれた。

「まあ、一人で悩んでいると、時間を長く感じて辛《つら》くなるのは確かかね。夜は考え事には向かない時間だから、どうせなら私たちのところに来ていいわよ」

「よかった、イヴェットならさんせいしてくれると思ってた！　そういうことだから、これからはぼくらの部屋においでよ」

フェリクスの腕の中でエースがぴくりと身動《みじろ》ぎする。鼻をひくひくさせた彼は小さく鳴いた。

眠りネズミの言葉を解さないイヴェットにも、それが提案に対する回答だということはわかった。

「やったぁ！　やくそくだよ」

そして、その回答は了承のようだった。フェリクスがすりすりと眠りネズミに鼻を寄せて上機嫌な声を上げた。素直な喜びを前面に出しているフェリクスと、それを甘んじて受けるエースの姿に、イヴェットも心を和ませる。

「よかった。とりあえずは一安心ね」

ほっと息を吐いたら、急に眠気が襲ってきた。自然と上体が倒れ、イヴェットは再び寝台に寝転がる。気づいたフェリクスがイヴェットの胸元まで這《は》い上がってくる。眠りネズミはどこに、と思えばサラマンダーの尻尾の部分に掴《つか》まっていた。はっきりと見たわけではないので自惚《うぬぼ》れかもしれないが、案ずる視線を送られているような気がした。

「イヴェット、どうしたの？　だいじょうぶ？」

「うん、平気よ。ちょっと眠くなって……」

話しながらも、唇は緩慢な動きになっていく。単身で王宮に乗り込んで、知らずのうちに張りつめていた気が一気に緩んでしまったようだ。このまま眠ってはだめだろうと、起き上がろうとはするのだが、視界は揺れて瞼《まぶた》がとろんと重くなる。燭台《しょくだい》の明かりですらひどく眩《まぶ》しく感じた。

（フェリクスのこと、アレン様とオリバーさんに報告しないと……。でも、今日はもう動ける気がしないわ……）

上体に力を込め、何とか起き上がろうとするのだが、だらりとした身体は言うことをきかず、うまくいかない。

結局、髪も梳《と》かさず毛布も被《かぶ》らないまま、イヴェットの意識は夜の底へと沈んでいった。

エゼルクス国王が住まう王宮は、上空から見るとロの字型をしている。王宮は主に四つの棟からなり、北棟は国王夫妻、西棟は第一王子であるベネディクトとアレンの居住空間となっているらしい。東棟には厨房や書庫、文官たちの執務室があり、南棟は、賓客を招いた舞踏会や晩餐会《ばんさんかい》で使われるという。

客室から一歩踏み出せば、王宮の昼間の姿がイヴェットを迎えた。暗がりの廊下では見ることのできなかった、豪華絢爛《けんらん》な光景に思わず目を瞠《みは》らせる。

天井には荘厳な神話の一場面が描かれ、廊下の角に設けられた花瓶には、今朝《けさ》摘んだとわかるほど瑞々《みずみず》しいプリムローズが活《い》けられていた。窓枠に薔薇の飾りがあしらわれた窓は、そのすべてが開放され、王宮内に日差しを取り込んでいる。室内に嵌《は》め込まれた大理石が陽光を受けて淡く輝き、さすがに一国の王宮というだけあって贅沢《ぜいたく》で豪奢《ごうしゃ》なつくりだった。

光景に圧倒され、セディングから持ってきた肩掛け鞄《かばん》の紐《ひも》を無意識に握り直す。すると僅《わず》かに返ってくる反応があった。アレンたちに現状を報告するために連れてきたフェリクスが、育て親の動揺を感じて身動ぎしたのだ。

「大丈夫よ。ありがとう」

安心させるように鞄を撫でると、布越しに彼の温かな体温を感じる。それに少し和んだイヴェットは、前を向いて再び歩き出した。

今朝目覚めた時には、眠りネズミはいずこかへと去っていた。フェリクスに尋ねると、彼は「帰る」と言って部屋を出ていったらしい。寒さで凍えていた身体も、帰る頃《ころ》にはよくなっていたみたいだと育て子は話してくれた。

(元気になってくれたのなら何よりだわ。無事に家族のところに帰れたかは心配だけど)

思考しているうちに、目的の部屋に着いた。そこは、アレンの私的な来客があった時に使うという応接室だった。

「誰《だれ》ですか」

扉を叩《たた》くと、オリバーの声が飛んでくる。警戒しているのか硬い声音だ。

「イヴェットです。お約束の通り、打ち合わせに参りました」

「どうぞ。入ってください」

入室を許可され入ってみると、調度品は背の高い本棚と机と寝椅子だけの簡素な部屋だった。壁は真っ白で、調度品はすべて茶系統で統一されており一体感がある。大きな丸窓は春の日差しを充分に取り込み、部屋の色調とも相俟《あいま》って温かみを感じられるつくりになっていた。

促され、革張りの寝椅子へ腰かける。机を挟んだ対面には、同じ寝椅子に座るアレンの姿があった。上下を青色の服で統一した彼は、呪いの発動を避けるためか三名は座れそうな長い椅子の端っこを陣取っている。そのアレンの背後に、黒を基調とした騎士団の制服に身を包んだオリバーが立ち、イヴェットが不審な動きを起こさないか見張っていた。まるで敵陣にいるような居心地の悪さだ。

フェリクスのことをいつ切り出そうかと迷っているうちに、「早速ですが」とオリバーが口火を切った。

「あんたにはこれからアレン様付きの文官に扮《ふん》してもらいます。ジェナ殿が来るまで、解呪の手がかりが王宮に残っていないか探索してもらいます。くれぐれも魔法使いってことが周囲にばれないようにしてくださいよ」

言葉とともに文官の制服を手渡される。今しがたオリバーが言ったことは、王宮に来るまでの道中でも聞かされていたことだったので、イヴェットも素直に頷《うなず》いた。

「第二王子の専属文官というかたちになるので、動ける範囲も一般官吏よりも広くなります。王宮の探索もしやすくなると思います」

「わかりました。ところで、アレン様の今の状況を知っている方はオリバーさんだけですか？」

「いいえ、国王陛下もご存じです。この王宮においては、陛下と俺の二人だけです」

「というと……王宮外の場所にも、この状況をご存じの方がいらっしゃるということですか？」

「そうです。でも、今のあんたには関係ないことなので、これ以上は答えません」

こちらをあしらうようなオリバーの物言いに内心でむっとしたイヴェットだったが、口元をきゅっと引き結んだだけで言葉にはしなかった。

澄ました顔でいると、視線を床に伏せたままのアレンが呟いた。

「すまない、イヴェット。秘密を共有する人数をできるだけ絞りたいと思っている。けれど、情報が必要だと君が判断したことならば話すし、隠すことはしない」

「いいえ、お考えはよくわかりますし、それが賢明だと思います。私はそれで問題ありません」

俯《うつむ》いたアレンの目の下には、相変わらずひどい隈《くま》ができていて、イヴェットの視線は自然とそこに止まった。セディングで出会った時は旅の疲れによる一時的なものかと思ったが、ひょっとしたらそうではないのかもしれない。

「イヴェット」

即座に気づいたオリバーが鋭い視線を投げてくる。

「じろじろと眺めるのはおやめなさい。アレン様は、もう誰も呪いで眠らせることのないように精一杯努めてくださっているんです。そのお気遣いを無駄にするつもりですか」

「それは……すみません」

アレンにかけられた眠りの呪いは、見つめ合うことで発動する。不意の事故でそれが起こらないよう、普段の彼がそれとなく顔を伏せたり視線を外したりしていることはこの数日でイヴェットも気づいていた。その彼を見つめるということは、彼の努力を無にするような行為である。

俯いたイヴェットだったが、次のオリバーの言葉で再び顔を上げることになる。

「……む。あんたのその鞄、何か動いていませんか」

「あっ」

まだ伝えていなかった重大な秘密を思い出して、イヴェットの身体が強張《こわば》る。育て親の心配をよそに、気づかれたことを悟ったサラマンダーが勢いよく、鞄の隙間《すきま》から顔を出した。

「もうげんかい！　暗いし、せまいし、息がしづらくてたいへんだよ！」

「と、蜥蜴!?　何故蜥蜴がここにいるんですか!?」

「とかげだって？　しつれいだなぁ。ぼくはとかげじゃなくてサラマンダーだよ！」

驚きと怒気が混じった声に、フェリクスは無邪気に言い返した。だが、その返しはオリバーの怒りに油を注ぐことになる。

「あんたの呼称はどうでもいいです！　イヴェット、こいつは一体何なんですか」

「あ……彼は私たちと暮らしている魔法生物のサラマンダーです。王宮には連れて行けないからと、魔法屋に残ってもらっていたはずなんですが……」

相手の勢いに押されながらも、イヴェットはことの顛末《てんまつ》を語る。その間にフェリクスを自身の膝上に登らせて、オリバーから距離をとらせた。アレンはと言えば、意外にも冷静沈着で火蜥蜴の登場に動じることなく話の行方《ゆくえ》を窺《うかが》っていた。

やがて、イヴェットの説明を聞き終えたオリバーから深い深い溜息が漏れた。

「ことの経緯はわかりました。イヴェット。あんたの監督不行き届きが原因ですね」

「ちがうよ。ぼくが勝手に……」

「自分の行動に責任を取れない子どもは黙っててください」

弁明するフェリクスをオリバーはひと睨《にら》みで諫《いさ》めた。

「……どうしますか、アレン様。この蜥蜴を王宮に置いておくのは不安が残ります。聞けば、単独でセディングから王宮までの道のりを踏破したわけですから、逆のこともできるでしょう。今すぐここから出ていってもらうのは……」

声音に深刻さを滲《にじ》ませるオリバーに、イヴェットは「そ、それは待ってください」と声を荒げた。これでもし、フェリクスを王宮から追い出すことになれば、幼い彼に再び孤独な旅路を強いることになる。それだけは避けたいと思った。

しかし、イヴェットの制止の声はオリバーの冷たい一瞥《いちべつ》によって遮られた。口を噤《つぐ》めば、彼は主人に返答を促す。

「いかがなさいますか」

「……仮に彼を王宮から追い出したとして、もう一度ここに戻ってくることも容易《たやす》いだろう。それに言葉を話せる分、俺《おれ》の呪いを他人に吹聴される恐れもある。そうなるよりは、監視のためにもここに留め置いたほうがいいだろうな」

アレンの発言に、イヴェットは俯かせていた顔を上げた。彼が指摘したことはもっともなことではあるが、それにしても思わぬ助け舟だ。フェリクスも、切れ長の赤い目をぱちりと瞬きさせていた。

そして、その発言がこの場の決定打のようだった。しばしの沈黙の後に、オリバーの苦々しい溜息が落ちた。

「それもそうですね。……やむを得ません。この蜥蜴にはこのまま王宮にいてもらうことにしましょう」

「あ、ありがとうございます」

何とか、フェリクスをこの場から追い出す事態を避けることができたようだ。肩の力が抜けるとともに、口からも安堵《あんど》の息が漏れる。

ふと気づいて、イヴェットは正面の寝椅子に座るアレンに向き直る。

「あの……ありがとうございました」

彼の発言次第では、フェリクスと離れる可能性だってあった。だが、彼はそれを回避してくれた。そう思って感謝の言葉を口にしたのだが、当のアレンは緩く首を振るだけだった。視線は相変わらず下を向いており、表情も寡黙で感情も読み取りづらい。やはり庇《かば》ってくれたように聞こえたのは偶然だったようだ。

安心したのも束の間で、抜け目のないオリバーからちくりと釘を刺される。

「蜥蜴の存在は認めますが、そいつが見つかってあんたの正体がばれてしまわないように気をつけてくださいよ。あんたの住んでた田舎《いなか》村と違って、高貴な身分の方々は魔法使いに忌避感を持つ人が多いんですから」

「わかっています。だから、私たちは王都には店を構えませんし、師匠のジェナが出稼ぎに行くのも王都以外の商業都市です。そこなら、貴族の人々と接する可能性が低いので」

実際、バーリッジやスラウベリなどを拠点に活動している魔法使いの存在は、そこに暮らす人々に受け入れられている。少なくとも、イヴェットはそう感じている。

「自分の立場はよく理解しているつもりです。解呪の手がかりを得るために、まずは『探知』

の魔法をかけて、呪いがかけられた時の痕跡《こんせき》がないか探ってみますが、誰かに見られないように気を配りますよ」

そこまで言うと、ようやくオリバーも納得したのか、もしくはもう言うことはないと思ったのか、それ以上の追及はしてはこなかった。アレンは相変わらず黙っていた。

その後、簡単な打ち合わせを済ませたイヴェットが辞去しようと、扉に手をかけた時、それまで黙っていたアレンから呼びかけられた。

「イヴェット」

視線を合わせることを避ける意味もあって、イヴェットは無礼を承知で、背中を向けたままで聞いた。

「何でしょう」

「解呪の手がかりを探すために『探知』の魔法をかけると言っていたな」

「はい」

「それならまずは、西棟の談話室から探ってもらえるか」

具体的な指定に、イヴェットは内心で首を傾《かし》げた。談話室から探ることに、何か理由や心当たりがあるのだろうか。

疑問は浮かんだが、それを口にして問うことはしなかった。

背を向けたままイヴェットは「承知しました」とだけ返し、応接室を出ていった。

自室に戻ったイヴェットは、手早く文官の制服に袖《そで》を通した。仕立てのよい白いシャツに裾《すそ》の長い臙脂《えんじ》色のスカートを合わせ、シャツにループタイを締めた。タイの留め具は青色をしており、爽《さわ》やかで凛《りん》とした印象だ。腰までを覆う若葉色のケープを羽織れば、王宮で働く文官の一張羅が完成した。その場でくるりと回ってみると、裾がふわりと上品に広がる。

「杖は……制服の下に隠せそうね」

魔法を媒介する杖はすぐに取り出せるように身体近くに固定し、そのほか役立ちそうな魔道具は肩掛けの鞄に忍ばせた。準備万端だと顔を上げると、初めての制服姿を見て、興味津々という面持ちのフェリクスと視線が合う。

「にあってるよ。イヴェット」

「ありがとう。……私はこれから出るけど、一人で過ごせる？」

罪悪感を滲ませて問えば、殊勝なサラマンダーは口の端をにぃっと吊《つ》り上げる。

「だいじょうぶだいじょうぶ。……でも、できれば早く帰ってきてね」

切れ長の瞳の奥には、寂しげな色が見え隠れしている。へにょんと赤茶色の尻尾《しっぽ》が垂れ下がっているのを認めて、イヴェットは不甲斐《ふがい》なさを覚えた。それでも、自分はこの部屋を出ていかねばならない。

込み上げる感情を胸に押しとどめて、イヴェットはそっと彼を抱きしめた。そうして、名残惜しくならないうちに部屋を後にした。


西棟の談話室は建物の南端に位置していた。日当たりもよく、庭園に面しているため歓談に向いていそうだ。打ち合わせの時に配られた王宮内の地図と目の前の景色を照合しつつ、イヴェットの足は南へと向かう。

談話室へ近づくにつれて、段々と人の往来が少なくなっていった。ほんの数分前までは、廊下を行き交う文官や侍女が見られたが、今やその姿は忽然《こつぜん》と消え去ったようだった。慌ただしさが薄れ、静まり返った廊下を、イヴェットの革靴が立てる音だけで満たしていく。天井が高い故に、こつこつと鳴る靴音がいやに大きく響く気がした。

これだけ広い王宮で、誰かとすれ違わないのはなんだか不気味だ。どことなく不安を覚えていると、前方に談話室を認めた。

なかに入ってみると、高い天井から吊り下げられたシャンデリアが真っ先に目に飛び込んでくる。空を大きく切り取る窓が金色の日差しを呑《の》み込み、硝子《ガラス》のシャンデリアが部屋の隅々にまで光をちりばめていた。

幸い、今は無人のようだった。魔法で探るなら今のうちだろう。制服の下に忍ばせていた杖を取り出した。

小さく息を吐いた。魔法を使うのはセディングを出て以来だ。掴んだ杖にも思わず力が入る。

エゼルクスの魔法は主に、三つの系統で構成されている。魔法使いたちは、「大地」「月」「群れ」と呼ばれるその三つの系統を組み合わせて、自分の願う事象を現実に引き起こすのだ。

大地は、風や水などの自然の力を操作する魔法だ。月は、人の精神に作用する魔法を司り、記憶の忘却や幻覚などの効果が有名だ。群れは、人の肉体に干渉する魔法で身体能力を向上させる効果が代表的だ。

魔法は無際限に繰り出せるというものではなく、個人が持つ資質――生まれ持った魔力量や身体の頑強さを指す――によってその回数は変化する。加えて、複数の系統が混ざり合う魔法ほど魔力を消費するという法則がある。探知の魔法もこの型に分類され、使用後は急激な疲労と眠気に襲われるという。要は使い熟《こな》すのはなかなかに難しい魔法なのだ。もっとも、この魔法を実行したことも成功させたこともないイヴェットにとっては、すべて文字で読んだだけの情報なのだが。

肺の空気を出し切ると、イヴェットは腹に力を込めた。集中を切らさないようにと瞳を閉じて、魔力を杖に流し込む。

充分な魔力を流し込んだ頃を見計らい、その杖で大気を掻《か》き混ぜた。杖で空気をなぞる行為は、大地の魔法に力を借りる場合の最も一般的なやり方だ。次第に薄いベールのような靄《もや》が生まれて、談話室の天井まで登っていく。

天井全体を覆った靄は、イヴェットの意思に従ってケーキの生地を伸ばすがごとく広がっていく。薄灰色のそれが充分に行き渡ったと皮膚で感じ取ると、持っていた杖を逆さにした。その意味は時間の逆行。月の魔法に助力を乞《こ》う行為だ。

最後に。

イヴェットは逆さにした杖をそのまま自分の皮膚に突き立て、群れの魔法に働きかける。所詮《しょせん》は木の杖だ。少女の弾力のある肌が上からかかる圧力を逃して、イヴェットの皮膚には傷一つつかない。

これで、大地、月、群れの三つの魔法が出揃《でそろ》った。杖に魔力を流し込みつつ、イヴェットは集中のため俯きながら、自らが放った靄に呼びかける。

「この部屋に残る、魔法の痕跡を教えて。どんなことでもいいから」

特別な意志を持った声に靄が反応し、杖を持つ手が一度だけ振動した。

手ごたえを感じ、イヴェットは「よし」と内心で呟いた。

(全部、教本通りにできたわ。魔力の統御もうまくいってる。これなら、うまくいく)

魔力を流し込み、正しい手順を踏んで乞われた魔法は、正しく発動するはずだ。

そっと目を開けた。しっかりと前方を見据えて、完成した魔法を視ようと広がった靄を視界に入れた時だった。

刹那《せつな》、靄がゆらりと揺れた。

「あっ」

焦った声が出る。一度揺れた靄は途端に不安定になり始めた。杖に魔力を流し込み、魔法を保つように努力するが、何故だか流し込んだ傍《そば》から魔力が霧のように消えていく。

その間にもイヴェットが生み出した靄は大気に溶け込んでいき、やがて完全に大気と一つになってしまった。

「どうして……」

目の前の光景に、イヴェットは顔を曇らせた。杖を持つ手が力なく下がる。

探知の魔法は失敗だ。成功していれば、靄の向こうに魔力の痕跡がちかちかと光るはずだった。その光を線で繋《つな》げば、夜空に浮かぶ星座のような図形が浮かび上がる。「魔法陣《まほうじん》」と呼称されるそれは魔法の来歴を示すものであり、これを読み解くことで放たれた魔法の種類や犯人像を特定できると踏んでいた。たとえそこに魔力の痕跡がなかった場合でも、光は『痕跡なし』を意味する図形を描いて教えてくれるはずだった。

それなのに、光が生まれるどころか、生み出した靄ごと崩れ去ってしまったのだ。

「やっぱりだめか……」

肩を落とし、一人で呟く。できなくて当然という気持ちと、悔しい気持ちが胸のなかでない交ぜになって苦しい。

「もう一回……」

上げかけた顔を、途中で止めた。探知の魔法は、終盤まではうまくいっていた、と思う。しかし、最後で躓《つまず》いてしまい、そこから一気に崩れてしまった。あの日の水まきの魔法もそうだ。きっと、何度やっても結果は同じだろう。どうせ自分にはできないのなら。

（頑張っても頑張らなくても結果が同じなら、私がするよりもジェナがやったほうが早いわ）

ジェナなら、探知の魔法は勿論《もちろん》のこと、眠りの呪いの解呪もするりとやってのけるだろう。こんなことは困難でも何でもないぞ、と言わんばかりに飄々《ひょうひょう》としながら。

イヴェットは杖をもとの位置に隠し、制服についていた埃《ほこり》を手で払った。魔法を放った時に、暖炉の灰が少し飛んで来ていたのだ。

室内に不審なところがないかをもう一度だけ確認すると、イヴェットは無言のまま談話室を後にした。


夕刻を待って、アレンの執務室を訪ねた。入室を許可されて入ると、オリバーのきっとした視線が向けられた。朝の打ち合わせの後に騎士団の修練に出たらしい彼は、騎乗に適した動きやすそうな衣服に着替えていた。

「さてイヴェット。王宮の探索の出来はどうですか。談話室の調査は当然行いましたよね？」

「はい、やりました。談話室に魔法の痕跡が残っていないか調べてみました」

「それで、結果は？」

「それは……」

気が進まない報告にイヴェットは言い淀《よど》んだ。執務室の奥に座るアレンの姿を捉えると、いよいよ結果を述べにくくなってしまう。

「調べてはみたんですが……」

「何ですか？　はっきり話してください」

猫目の騎士がきゅっと目を細める。威圧感に負けて、イヴェットは正直に白状した。

「実は、魔法に失敗してしまって……」

「……あんたねぇ」

オリバーの細い眉《まゆ》が吊り上がった。低い声には怒りと不満が満ちており、肩の震えは怒鳴り声が飛ぶ前兆だと思われた。

「待て、オリバー」

冷静さを宿した声がその場を支配した。

そっと声のしたほうを盗み見た。書類に向かう姿勢のまま、アレンの口が動く。

「イヴェットはまだここに来て間もない。すぐに魔法で結果を出せ、というのも酷な話だろう」

「ですがアレン様……」

「ちょうど旅の疲れも出る頃だ。今は無理のない範囲で調べてもらうほうがいい。それに……」

ちらりと彼は窓を見やった。稜線《りょうせん》に夕日が沈みかけている。山の端から漏れる橙《だいだい》色の光がアレンの横顔に陰影をつくり、普段の無表情を神秘的なものに見せていた。何かに気づいたらしいオリバーから「あっ」と声が漏れたのがわかった。

移ろい始めた空を見上げたまま、アレンは言った。

「もうじきに夜が来る。報告はこのくらいにして、早めに自室で休んでもらったほうがいい」

「……わかりました。アレン様がそう仰《おっしゃ》るならば」

主人に忠実な騎士は首を垂れた。ただし、本心では言い足りないのか、イヴェットに向き直った彼は「今日はこの辺にしておきますが」と釘を刺した。

「王宮の探索はあんたに任せた、あんたが引き受けた仕事ですからね。あんたが半人前だろうが弟子だろうが関係ありません。引き受けた以上は相応の働きをしてくれるだろうと、こちらも期待しているんですから」

思わず言葉に詰まった。所詮自分はジェナの代わりでここに来ているのだと、そう考えていた内心を見透かされているような気がした。

「……わかってますよ。最初に約束した通り、探知の魔法は今後も続けます」

なんとかそれだけを絞り出す。オリバーはふんと鼻を鳴らし、暇乞《いとま》いを許可した。小さく一礼をして、イヴェットはフェリクスの待つ自室へと戻っていった。

第三章　雪解けの兆し

　翌日、文官として仕事に出たイヴェットは、同じ文官仲間だと言う女性に呼び止められた。

イヴェットよりは五、六歳ほど年上に見えるその女性は、長身故《ゆえ》にこちらを見下ろしながら手にした紙の束をひらひらとさせた。高い位置で結んだ黒髪も、その動きに合わせて揺れる。

「ええと書簡、ですか」

「そう、この四通の書簡を今から言う場所まで届けてほしいんだ。君はまだ王宮に来たばかりだし、場所を覚えるのにはちょうどいい仕事だろう？　新人くん」

「まあ、はい……」

　自身をリンジーと名乗った女性は、イヴェットの生返事も気にせず、にかっと笑みを返した。整った目鼻立ちとぴんと張った背筋から生真面目《きまじめ》な印象を受けたが、笑うと目尻《めじり》が垂れて愛らしさが漂う。大きく開いた口内には八重歯が一本だけ見つかり、親しみやすさを醸していた。

「君がアレン殿下の専属文官であることは知っているよ。けれど、今は特に仰せつかっている仕事はないのだろう？」

「はい、そうです」

本当は王宮内を魔法で探る必要があるのだが、それは決して口にできない。イヴェットは苦手な愛想笑いを浮かべて頷《うなず》いておいた。

リンジーは「ならばよし！」と古風な騎士のような言い回しで頷いた。

「では、君にお願いしよう。いいかい、この騎馬に乗った男を模した封蝋《ふうろう》の手紙は国務大臣のガーランド卿に。彼は午後から出張に出るはずだから、今なら国王との面会を済ませたところだろう。北棟を訪ねるといい。白髪で大柄のでっぷりと……いや、がっしりとした体型の男だ。ほかの者とはまるきり違う体型だから、見ればわかるだろう」

「は、はい」

「次いで、こちらの薔薇《ばら》と小麦の封蝋の手紙はフリエル副料理長に。昼食の仕込みを始める前――まさに今行ったほうがいいな。勿論《もちろん》、彼の仕事場は厨房《ちゅうぼう》だ。コック帽を被《かぶ》っていたら、青いタイをしている人物を探せ。コック帽をしていなければ、金髪の男を探せ。あの職場に金髪は彼だけだから、これも迷わず見つかるだろう」

「えっと、少し速いです……」

淀《よど》みなく流れる説明に目を白黒させるが、目の前の美人がそれに気づく様子はない。

続いて手にした手紙をひらひらとさせて、リンジーは「そして」と続けた。

「この古エゼルクス語で書かれた聖句の手紙はレスター・エッジワース殿に。私は直接の面識はないのだが、彼は第一王子の専属文官を務める人物で……」

「……あ、あの、ちょっと待ってください」

少々強引にだが、リンジーとの会話に何とか一区切りを入れる。鮮やかな翠緑《すいりょく》の目をきょとんとさせた彼女は「どうかしたかね？」と不思議顔だ。

優秀なリンジーなら苦ではないのかもしれないが、イヴェットにとっては一度で覚えきれる情報量ではなかった。紙とペンを取り出し、今しがた彼女が言ったことを書き留める。

「ああ、一気に説明してしまって済まない。相手を置き去りにしてはいけない、とこの間も部下にも言われたのだがな。あっはっは」

からからと声高に大きく笑うと、リンジーは次の仕事があるからと言って去っていった。嵐《あらし》のような女性だったな、とイヴェットは独りごちる。そして何故《なぜ》だか一瞬だけ、魔法使いの師匠ジェナを思い出したのだった。

ガーランド卿は北棟へ向かう途中でそれらしい人物を発見した。確かに、リンジーの言う通り、周りの者より二回りほど大きな男性だった。

フリエル副料理長はまだ年若く、ひょろりとした痩《や》せ型の男性だった。厨房を覗《のぞ》くと、コック帽を被った料理人のなかに一人だけ、青いタイをした人物が見つかり、すぐに彼だとわかった。総じて、リンジーの説明はわかりやすかったと言える。

（そして、次の人が……）

イヴェットは手元の手紙に視線を落とした。古エゼルクス語で書かれた聖句が印象的なその手紙は、レスター・エッジワースという男性宛だと言付かっている。そして、リンジー曰《いわ》く、彼は第一王子ベネディクトの専属文官らしい。

第一王子のベネディクトは、アレンにとっての異母兄にあたる。ベネディクトの母が正妃で、アレンの母が第二王妃だ。正妃は王宮で国王とともに暮らしているが、第二王妃は郊外にある王家の別荘地で暮らしていると聞いている。

（アレン様のお兄さんは、一体どんな人なんだろう。セディングにいた時は王家なんて遠い存在で、噂《うわさ》を聞くこともなかったけれど。レスターさんに会ったら、教えてもらえるかしら）

目的地である東棟の書庫に着いた。リンジー曰く、彼を見つけるならこの書庫が最も可能性が高いらしい。

薔薇を模した窓が印象的な室内に入ると、そこは無人であった。紙の匂いで満ちた空間を一人で歩いていく。昼間の時間帯なのに、文官たちの姿がこうもないのは不思議なことだ。

結局、書庫の最奥まで入ってはみたが、レスターどころか文官の誰《だれ》にも会うことがなかった。空振りした気になって、踵《きびす》を返そうとした時、イヴェットの耳は低い話し声を捉えた。

「……ここが最奥ではないの？」

足を慌ててもとの方向に戻した。再度、書庫の最奥まで歩いていく。そこで、己の見間違いに気づく。一目見て、行き止まりだと思っていた壁の先に、壁と同色の扉があったのだ。つまり、上から見ると大きな正方形をしていると思い込んでいた書庫は、その正方形にくっつくような小さな部屋がつくられているらしかった。

小部屋へ通じる扉の上には、「特別閲覧室」と書かれた表が掲げられていた。近づくと、扉一枚を隔てて聞こえてくる声がある。

これがきっと、先ほど耳にした声だろう。ようやく人の気配を感じ取り、イヴェットはどこか心のなかでほっとする。

一方で、ここにいるのがレスターだという確証はなかった。このまままいきなり踏み込んでもいいものかと、ひとまず耳を澄ませていると、聞こえてくる声にバリトンとテノールの二種類があることに気づく。どうやら室内には少なくとも二人の男性がいるようだ。

出直すか、と一歩後退《あとじさ》ったところで、扉が開いて男性が顔を出した。丸い瞳《ひとみ》を驚きに染め上げた男性を認めて、イヴェットは思わず問いかけた。

「あ……えっとレスターさん、でしょうか？」

「ええ、そうですが」

レスターはテノールの声の持ち主だった。上背はあるが、肉体労働をしない文官らしい薄い体つきに、緩く波打つ灰色の長髪と紫の瞳をしている。

「すみません。もしかして、私を探していらっしゃったのですか？」

小さく会釈をされると、香水でも纏《まと》っているのか、ふわりと甘酸っぱい花の匂いが鼻腔《びくう》をくすぐった。柔和な笑みをして少し眉を下げた男性に、イヴェットは首肯した。

「はい、レスターさんに渡したいものがありまして――」

「おや、私に渡したいもの？　何でしょうか」

首を傾《かし》げたレスターに見せるように、書簡を胸の前に持ち上げる。相手も用件に気づいたようだったが、彼が何かを言うよりも先に、苛立《いらだ》ちを含んだバリトンが割り込んでくる。

「レスター。何をしている」

「ああ、すみません。ベネディクト殿下」

レスターがぱっと振り向いた。イヴェットもつられて後ろを盗み見る。

そこには、声に似つかわしい不機嫌な顔をした男性がいた。「ベネディクト殿下」と呼ばれていたことから、彼こそがエゼルクスの第一王子だとわかる。金髪を肩ほどまで伸ばした彼の瞳の色はアレンと同じ青で、高い鼻梁《びりょう》も似通ったところがある。ただ、声や目つきに感情が素直に反映されている点で、瞳の色や顔立ちは似ていても、受け取る印象は真反対だ。

「おい、誰だそいつは」

「それが、私も初めてお会いする方でして……」

「わ、私はイヴェットと申します。アレン様付きの文官に任命されました。よろしくお願いします」

不審人物としての疑いを晴らすため、イヴェットは慌てて居住まいを正した。

自己紹介を受けて、二人の男は互いに目配せをした。

「ほう。騎士のオリバーを除けば、アレン殿下専属の部下は初めてではないですかね」

「ふん、あいつが傍《そば》に人を置くとはな」

面白くなさそうにベネディクトは鼻を鳴らした。顔には苦々しさが浮かんでいる。それを見たレスターは困ったように微笑《ほほえ》み、イヴェットに向き直った。

「……王宮へようこそ、イヴェット。こちらの御方は第一王子のベネディクト殿下でいらっしゃいます。そして私は、殿下の専属文官のレスター・エッジワースと申します。はじめまして」

「は、はじめまして……」

片脚を引いて、もう片方の足の膝《ひざ》を軽く曲げる。王族に対する、覚えたてのぎこちないお辞儀をなんとか返すと、呆《あき》れるような溜息《ためいき》が降った。直接目にしたわけではないが、ベネディクトのものだろうという推測ができた。

「どうやら私宛の書簡を持ってきてくださったようですね。すみません、私は自分で言うのもなんですが神出鬼没ですから……。見つけるのに苦労したでしょう」

「い、いえ。それほどでは」

「用事は済んだだろう。おい、レスター。早く戻れ。再開するぞ」

時間が惜しそうな様子のベネディクトが割り込んでくる。主人の叱責《しっせき》には慣れたものなのか、レスターは怯《ひる》んだ様子もなく「承知しました」と返していた。

「イヴェット。今日《きょう》は生憎《あいにく》と話せる時間はないのですが、我々はともに王子の専属文官です。困り事などあれば、気軽にお尋ねくださいね」

それだけを言うと、レスターも閲覧室の中へ戻ろうとする。予想していなかった優しい声かけに、イヴェットが一拍遅れて「ありがとうございます」と返すと、彼は背を向けたまま右手を軽く振って応えてくれた。

用事を終え、イヴェットは書庫を出た。歩き出しながら、先ほど出会った第一王子とその専属文官を思い返す。

第一王子のほうはだいぶ気難しく、極端な性格のように見受けられた。対して、お付きの者はそうでもなさそうだ。少なくとも、ベネディクトの勢いに呑《の》まれかけたイヴェットを気遣う余裕を持っている。

(同じ兄弟でも性格は全然違うのね。感情のわかりやすさも、従者との接し方も)

これればかりはアレンの対応のほうが、萎縮しないで済む分いいかもしれない。反面、感情のわかりにくさや、従者であるオリバーの刺々《とげとげ》しさはもう少し何とかなってほしいものだが。

溜息を吐《つ》いたイヴェットは、最後の書簡を届けるために西棟へと戻っていった。

第二王子の執務室は今日も静かだった。

己が走らせる羽根ペンが立てるさりさりとした音と、めくられた紙が奏でる乾いた音だけが響く。本当なら自身も参加するはずであった騎士団の遠征記録を、アレンは静かな目で見つめていた。

国を守る騎士団の統括はアレンの職務だ。騎士団所属のオリバーを通じて、日々の鍛錬の内容や現場の要望を聞いてはいるが、自身の目で確かめることができない現状は歯痒《はがゆ》いものだ。

何よりも。

書類の片隅に確認の署名を入れたところで、アレンは大きく伸びをした。

（……いい加減、剣の鍛錬を再開したい。が、この目のままではそうもいかないな）

目頭を押さえて、小さく息を吐いた。体力づくりなら室内でもできるが、剣を振り回して技を磨くとなると設備の整った練兵場へ赴く必要があるし、何よりも稽古の相手が欲しい。とはいえ、呪《のろ》いにかかった今の状態で鍔迫《つばぜ》り合いの最中に相手と視線が合いでもしたら、相手は倒れて眠ってしまうだろう。そんなことはあまりにも危険すぎる。

呪いが今日も継続していることは、毎朝密《ひそ》かに行っている「実験」が証明してくれている。パン屑《くず》を窓際に撒《ま》いておいて、啄《ついば》みに来た小鳥を観察する些細《ささい》な実験だ。今日の小鳥たちも、アレンと見つめ合うなりぱたんと眠りに就いてしまった。どの小鳥も数十秒後には目覚め、何事もなく飛び去っていったからよかったけれど。

「早くもとの状態に戻ってくれればいいが……」

未練がましい手つきで愛用している剣を撫《な》でていると、耳が微《かす》かな異音を捉えた。

後方から聞こえた気がして背後を振り返ってみるが、そこにあるのは本棚と暖炉だけだった。

「……気のせいか」

呟《つぶや》き、羽根ペンを握り直すと、今度は執務室の扉が叩《たた》かれた。

先ほどの異音はもしや足音だったのだろうか。それにしては聞こえてきた方向が違うように思えたが、感覚が鈍っているのかもしれない。鍛錬が足りないな、と自嘲《じちょう》するように笑って、アレンは視線を伏せた。扉の向こうにいる衛士や来訪者を眠らせることのないよう対策をとる。

「誰だ」

「イヴェットです」

誰何《すいか》すれば、来訪者は魔法使いの少女だった。

一拍置いて、アレンは入室を促した。目線は下に保ったまま、入ってきた彼女に声をかける。

「何かあったのか」

「文官のリンジーさんから、こちらの書簡をアレン様にお渡しするよう頼まれまして」

言葉とともに、真白な長封筒が視界に入ってきた。礼を言って受け取る。裏を返せば、真紅の封蝋が目を惹いた。その図柄と差し出し人の名前を追って、アレンは小さく息を呑んだ。

「半年前に王宮を訪れた北の諸侯からの書簡だそうなんですが……アレン様？」

訝《いぶか》しむように言われ、アレンは自身の表情が硬くなっていたことを自覚した。動揺を瞬《まばた》きの間に打ち消すと、何事もなかったように首を振った。

「何でもない。届けてくれて助かった。ありがとう」

「いえ。王宮の捜査も、今から夕刻の時間まで呪いの痕跡《こんせき》がないか探ってみますよ」

イヴェットはきゅっと口をすぼめて首を振った。何か言いたそうな表情にも見えたが、アレンは特に促すことはせず、「頼む」とだけ短く言った。


頭上の太陽はちょうど最も高い位置に入っていた。おかげで、朝方よりも暖かく感じる。視界を澄み渡るような爽《さわ》やかな青で染め上げ、イヴェットはぽつりと呟いた。

「アレン様の顔、まだ隈《くま》が残ってたわね」

セディングで初めて出会った時からこれまでの間もずっと、王子の顔には寝不足の証拠である隈が残っていた。もしや眠りの呪いのこともあって、夜に眠れていないのだろうか。

(でも、眠りの呪いは、あくまで目が合った人を眠らせるのであって、自分を不眠にさせる呪いではないはず……よね？　アレン様からもそんな症状があるとは聞いてないし……)

なんにせよ、よい状況ではないことは確かだ。早くジェナが来てくれればいいのだが。

肩を竦《すく》めて、イヴェットは持ち歩いていた鞄《かばん》から王宮の地図を取り出した。

「さて、どの部屋から回ろうかしら。……成果が上がる気はしないけど」

今いる位置から近い部屋を何部屋か見繕う。誰かが在室していたら魔法で探ることは難しいだろうから、残りの時間をうまく使えたとしても二、三部屋が精一杯だろうか。

俯《うつむ》くイヴェットに、背後から近づいてくる足音があった。

「おや、イヴェット。書簡配達の仕事は終わったようだな」

「リンジーさん……」

朗らかな声に振り向くと、黒髪の長身の美女がそこにいた。午前中に見かけた時は文官の制服を纏っていたが、今はその上に深緑色の外套《がいとう》を羽織っている。埃《ほこり》や皺《しわ》が見えないことから、旅支度を終えてこれから出るところなのだろうと察する。

「ちょうど今、書簡を届け終えたところです。リンジーさんのほうは、これから出張ですか？」

「おお、そうなのだよ。公務のために王都の端に行く必要があってね」

イヴェットは首を傾げた。生憎と、王都の地理は王宮周辺の観光地区くらいしか頭に入っていなかった。言葉が足りないことに気づいたのか、リンジーは説明を継ぎ足した。

「ルヴと西部の街を繋ぐ橋がようやく完成したのだ。いや、完成ではなく修理が終わった、という表現が適切かね。苦節十三年……。私たち文官も勿論力を尽くしたが、それ以上に棟梁《とうりょう》と石工たち、それに王都の住民がやってのけてくれた。橋の正式な開放は数日後からだが、その日は国王陛下と王妃殿下もお出ましになって記念式典が行われる。今日は、その式典のための会場の設営に赴くところなのだよ」

十三年という具体的な数字を聞いて、イヴェットは虚を突かれた顔になる。目の前の人物にそうとは悟られないよう、静かに目を伏せた。気づいた様子のないリンジーは話を続ける。

「十三年前――『ルヴの悲劇』の最中に橋が落とされて以来、これまでは迂回《うかい》路を使っていたが、それもじきに終わる。もう数日経《た》てば、新たな道が人々の前に開けるということだ」

熱っぽく語るリンジーは、やがて仲間からの反応がないことに気づいた。

「イヴェット？　どうかしたかね？」

「いえ、何でも……」

言い淀んでいると、一人合点したリンジーは頭を掻《か》いて申し訳なさそうにした。

「済まない。イヴェットは王都の生まれの者ではなかったな。君の年齢は知らないが、見たところ十三年前ならばまだ幼子のはずだ。よく知らないのも当然だった」

「……すみません。知識として十三年前の『ルヴの悲劇』のことは知っているのですが、具体的な被害やその後についてはあまり知らなくて……」

顔を俯かせたイヴェットに、無知を恥じていると勘違いしたのか、リンジーは「気にするな」と笑ってくれた。

「謝らなくてもよい。私だって、もとはルヴの生まれではないし、復興の仕事に関わるうちに知ったことも多い」

上体を反らして、リンジーは青天を見上げた。

「……実は、橋の修復は今回のものでようやく終了なのだよ。商都バーリッジのような、都市部に向かうために必要な橋は早期の段階で完成したのだが、西部へと繋《つな》がるあの橋は先送りにされてしまってな。……いや、優先順位があるのはわかっているが、西部の街出身の私としては、少し面白くなかったのだ」

「なるほど。では、嬉《うれ》しさもひとしおということですね」

「そうとも。そういうことだ」

反らした上体を戻して、リンジーは本当に嬉しそうに微笑んだ。

「今や王都は平穏な日々を取り戻している。『ルヴの悲劇』を引き起こした組織の名前――黒薔薇団だったか。彼らの噂も聞かなくなった。聖薔薇団が擁する魔法協会の抑えが効いているおかげかは知らないが、何にせよよいことだ」

「……そうですね」

イヴェットは小さく微笑んで頷きを返しておいた。

その後、リンジーと別れたイヴェットは、王宮で働く侍女たちの控室を訪れていた。部屋の前に「使用中」の札を掲げ、入念に内鍵《うちかぎ》をかけることも忘れない。無人の控室に入ると、慌てて仕事に出た者がいたのか、室内の壁に沿うように並べられた箪笥《たんす》には、引き出しが中途半端に開けられているものがあった。

ちょうど出払っている時間帯のため、侍女たちも当分は戻ってこないだろう。仮に魔法に失敗したとしても何回かやり直せる時間はありそうだ。

ゆっくりと息を吐いて、足を半歩分広げて立った。制服の下に隠し持っていた杖《つえ》を取り出し、魔法を放つための体勢をとる。

（落ち着いて、集中して）

ぎゅっと目を瞑《つぶ》り、魔力を杖の先に集め始める。そのまま、昨日《きのう》と同じ要領で探知の魔法を放ってみる。

「あ……」

力ない呟きが漏れる。放った魔法は昨日の結果と変わらなかった。折角つくり上げた靄《もや》は、イヴェットが顔を上げた瞬間に瓦解して消え去ってしまった。

悔しい思いが込み上げて、イヴェットは唇を噛《か》む。焦りを振り払うように頭を振って、再度杖を持ち上げた。

だが、魔法をあれから三回放っても、五回放っても、結果は変わりはしなかった。

何度も力の強い魔法を行使したせいで、魔力の使いすぎによる頭痛が出てきてしまっていた。魔法使いは、己の体内でつくられる魔力を利用して魔法を放つため、魔力を使いすぎることによって「魔力切れ」という現象を起こすのだが、どうやらそれが始まってしまったようだ。

集中が途切れたイヴェットは日の差す窓辺に近寄った。気分転換になればと思い、飾り窓を開け放つ。春の澄み切った風が頰《ほお》を掠《かす》め、ほんのり甘い匂いが鼻腔をくすぐった。庭園に咲くミモザの香りだろうか。やさぐれかけた心を宥《なだ》められた心地がした。

上体を気だるげに壁に寄りかからせて、短く浅い呼吸を繰り返す。

（……リンジーさんは、もう橋のところに着いたかしら）

脳裏に、にかっと笑う女性が浮かぶ。同時に、快活な彼女から出た重苦しい言葉を思い出す。

「黒薔薇団と、聖薔薇団か……」

小さく呟いた。それは、魔法使いにとって切っても切れない関係にある組織の名前だった。

黒薔薇団と聖薔薇団の双方は、魔法使いが運営している組織だ。先に創立されたのは前者で、およそ百年前の王都で興った。当初は医療分野に長《た》けた魔法を開発する組織であったらしい。秀でた才能を持ち、かつ研究に意欲的な魔法使いが所属し、彼らが開発した魔法や薬によって救われた人も多いと聞く。百年前の当時は、貴族と魔法使いの関係も良好で、なかには同団への多額の出資を行った医師や薬師の名家もあったそうだ。

しかし、いつからかその関係は歪《ゆが》み始める。

時が過ぎるうちに、彼らは人知を超えた領域に踏み込む魔法の開発に勤《いそ》しむようになった。有名なのが不死の魔法の研究だ。それが、途轍《とてつ》もない難題であることは明らかだった。事実、ある時点でその研究は行き詰まる。倫理という足枷《あしかせ》を外したのはその時だ。

彼らは考えた。正攻法でつくれないのなら、多少の無理を強いてみればいい、と。

もともと、研究に貪欲になれる人種がつくった組織である。過熱する魔法研究が狂気を孕《はら》むようになるのは当然の帰結と言えた。

一方、ほかの魔法使いたちが、この事態に気づかなかったわけではない。同団の方針転換に気づいた魔法使いたちは、それに対抗する目的で団を結成した。黒い薔薇を象徴した相手に対し、善良な魔法使いを自称する彼らは聖薔薇団と名乗るようになる。

目的のためならば残虐性も纏える集団に、踏み越えてはならぬ一線を跨《また》がせないために。何より、人々を魔法で救うという、魔法使いとしての矜持《きょうじ》を守るために聖薔薇団はつくられた。

そんな二者の対立が表面化した出来事が、十三年前のルヴの悲劇だった。王都を制圧し、国の転覆を目論《もくろ》んだ黒薔薇団に対して、聖薔薇団が非魔法使いの側に立って、暴走を止めさせたのだ。

戦場となったのは、黒薔薇団が王都の外れにつくった研究施設であった。騎士団と聖薔薇団の働きによって王都の陥落は阻止されたが、犠牲者も少なからず出た。そのなかには、魔法使いであったイヴェットの両親も含まれている。

勿論、非魔法使い側にも犠牲者は出た。そのことから、王都の民衆のなかには魔法使い全般を憎く思っている人もいると聞く。加えて、自分たちの権力を脅かされたと感じた王侯貴族は今も魔法使いを毛嫌いし、今日の軋轢《あつれき》に繋がっている。

窓をすり抜けてきた陽光がイヴェットに届いて、特徴的な赤い瞳が光を受けて淡く輝いた。疲れ切った身体《からだ》を伸ばして、もう一度だけ魔法を試してみようかと思った。

しかし、背中が壁から離れた途端に、小柄な身体はここ数日の旅の疲労を訴え始める。ひどく身体が重たくなった気がして、諦《あきら》めて絨毯《じゅうたん》の上に転がった。意外にも柔らかい布に迎えられて、イヴェットの瞼《まぶた》はいよいよ重たくなっていく。

春の優しい日差しに包まれながら、小さな魔法使いは少しの間、眠りに落ちた。

人気のない回廊を歩いていると時折吹く風に体温が奪われる。春先とはいえ、夜に近づくにつれ気温はしっかりと下がっていく。思わずケープを羽織り、温もりを探した。

あの後、絨毯の上で眠り込んでしまったイヴェットが目を覚ますと、空は茜色《あかね》に染まっていた。しっかり鍵をかけておいてよかった、と内心で息を吐いた。魔法使いの象徴である杖を堂々と持ったまま昼寝している姿を目撃されるわけにはいかない。

少し眠ったおかげで、体調は戻りつつあったが、魔力の使いすぎの影響がしつこく残っているのか、鈍い頭痛が続いていた。

早く自室に戻ってサラマンダーに癒されようと、疲弊した足取りながらも歩を進めた。

自室に入ると、イヴェットはすぐに鍵をかけた。

「ただいま」

微かな声で室内に呼びかける。すぐに「おかえり」と小声が返ってくることを期待した。

しかし、期待に反して、応答はなかった。

イヴェットは瞳を瞬かせ、室内をぐるりと見回した。

最初に目に入ってきたのは、対角線上に配置された丸机だった。焦げ茶色の机上には今日の分の彼の食事が置いてあるが、その半分以上が残されたままだ。

「フェリクスったら、ご飯食べなかったの？」

問いかけてみるが、依然として呼びかけに応える声は返ってこない。

「フェリクス……？」

部屋のどこかで眠っているのだろうか。再度、名を呼んでみるが返答はない。

「フェリ……！」

そこでようやく、事態を認識した。

室内をくまなく見て回るが、サラマンダーの姿は見当たらなかった。寝台の下にも、くるまった毛布の中にも彼の姿はない。火を落とした暖炉の灰の中も確認したが、赤銅色の背中は見つからなかった。

がらんとした部屋は、仕事に出る直前に見ていた状態からほとんど変わっていなかった。それだけに、彼がいないという事実が重く伸《の》し掛かってくる。

「一体、どこに……」

黒いインクの染みが広がっていくように、拭《ぬぐ》いきれない不安が胸の奥で広がった。

背筋に流れた汗を感知するよりも早く、イヴェットは部屋を飛び出した。

廊下に出ると、さっきまで重かった足取りが嘘《うそ》のように軽かった。代わりに心臓の鼓動は乱れ、身体中に走る緊張をありありと伝えてくる。

寂しくて、部屋を出ていってしまったのだろうか。それとも、身の危険が迫って部屋を抜け出さざるを得なかったから？　答えのない問いがぐるぐると駆け巡る。

（……出ていったのがどんな理由でもいいから。怒らないから。お願いだから無事でいて）

胸元を押さえるように、ケープの前を掻き合わせた。

角を曲がる直前、近づいてくる足音を耳で捉えたが、急停止するには時間が足りなかった。

「わっ……」

鼻頭が何かにぶつかり、受け身もとれないままイヴェットは無様に倒れ込んだ。

「何だ、貴様は」

怒気を露《あら》わにした声が頭上から降り注いで、自分が誰にぶつかったのかを知る。立場上、顔を上げるわけにもいかず、硬く冷たい床に伏せて謝罪を口にした。

「も、申し訳ございません」

非礼を詫《わ》びても、第一王子の溜飲《りゅういん》が下がることはない。彼は、長靴を履いた足で床を鳴らした。

「貴様は……あいつの配下の者だな。一体何をしている」

「殿下、落ち着いてください」

「お前は黙っていろ、レスター」

専属文官が宥めても、ベネディクトの怒りは収まらないようだ。腰に佩《は》いた剣を認め、イヴェットはその身を震わせる。その時だった。

「ベネディクト」

背後から涼やかな声がした。アレンの声だ、と直感する。相変わらずの淡々とした口調で彼は言った。

「イヴェットが何か」

「……アレン」

ぎり、と歯噛みする音が聞こえるくらいの形相でベネディクトは唸《うな》る。冷え切った青い双眸《そうぼう》は、憎悪と嫉妬《しっと》の禍々《まがまが》しい色で彩られている。

「お前の文官は、よほど慌てていたのか前も見ずに直進してきたぞ。高貴な者に仕える気構えが全くできておらん。主人たるお前の怠慢がそうさせているのだぞ」

「それはすまない。イヴェットにはあとで言っておこう」

素直に謝罪を口にした弟に、ベネディクトはなおも憤怒《ふんぬ》の眼差《まなざ》しを投げていたが、レスターに促され踵を返していった。この場を早く切り上げたいのはアレンも同じだったようで、それ以上、兄弟の間で会話が交わされることはなかった。

兄の足音が遠ざかるのを確認してから、アレンはイヴェットのもとにやって来た。

「大丈夫か」

イヴェットは思わず視線を上げかけ、慌てて顔を伏せた。

露骨だったかと気まずく思うが、今ここで彼と目が合って眠ってしまうことは避けたかったため致し方ない。当のアレンはと言えば、堂々と避けられたことを気にする素振りは見せず、「そんなに急いでどうしたんだ」と重ねて問うてくる。

正直に話せるわけもなく、イヴェットは取り繕った。

「……何でもないです」

「理由もなしに、そんなに慌てているのか？　ベネディクトではないが、周りを見ずに駆け回っていては、いつか怪我《けが》をするぞ」

真っ当なことを言われ、返答に窮する。イヴェットの様子を見たアレンは、それでだいたいのことを察したらしい。彼は微かな声で問いかけた。

「ひょっとして、フェリクスに何か起きたのか」

「どうしてそれを……」

「君がそんなに心動かされるのは、彼に関することだろうという推測だ」

悔しいがその通りだった。床に座り込んで視線を落としたまま、イヴェットは口を開いた。

「……さっき、部屋に戻ったらあの子がいなかったんです。寝台の下や棚の中も見ましたが、どこにもいなくて……」

「……そうか」

アレンの声がイヴェットの頭上に落ちる。

とん、と硬いものが床に触れた音がしたかと思ったら、俯いた視界にアレンの右手が入り込んでくる。

「立てるか？」

「何で……」

「何故って、見つからないから探しに行くんだろう」

むしろ何故そんなことを聞くのか、と言わんばかりの冷静で自然な声音だった。

イヴェットは瞳を瞬かせ、思いがけず差し出された手を見つめた。王子自らが跪《ひざまず》き、手を差し伸べてくる現状に思考がついていかない。

「早く。彼を見つけたいんだろう？」

平坦な声はいつもの彼そのものだった。ひどく取り乱している自分とは対照的だ。イヴェットは鼻を啜《すす》った。

「……大丈夫です。自分で立てます」

伸ばされた手を断れば、アレンはすぐに退いた。

イヴェットが立ち上がっても、彼は視線を逸《そ》らして数歩下がっただけで、その場を離れるつもりはないようだった。まさか本当に、探すのを手伝ってくれるというのだろうか。

「どうかしたか？」

「い、いえ……」

「なら、先を急ぐぞ。彼を捜すのに有効な魔法はないのか？」

「あるには、あるんですけど……」

言いかけて、口を噤《つぐ》んだ。歩幅三つ分ほど先にいるアレンが無言で先を促す。

「……呪いの痕跡を探るのに使っている『探知』の魔法。あれを応用できたらフェリクスの居場所もわかる、と思います」

内容が内容だけに、話す声は潜められた。

問題は、その魔法が自分に扱えるかどうかだ。

言葉を濁したイヴェットに対してアレンは何も言わない。ばかりか、彼はイヴェットの右手をとって歩き出した。たたらを踏みそうになりながら、イヴェットは目を白黒させた。

「……どういうつもりですか？」

「廊下ではできないだろう。ひとまず君の部屋へ行こう」

相手の意図が掴《つか》めず問いかけると、飄々とした返答が返ってきた。イヴェットは慌てて首を振った。

「わ、私じゃ無理です」

「やってみなければわからないだろう」

「やらなくったってわかるわ」

無意識に砕けた口調で話していたが、アレンがそれを気にする素振りはなかった。子どもみたいに言い返した少女に対して、彼は不思議そうに首を傾げた。

「何故そう思う」

「だって、あなたと初めて会った日も、昨日も、今日も、魔法は成功しませんでした」

「この次は成功するかもしれない」

「そういう問題じゃ……」

「俺たちで王宮をくまなく探す手もあるが、それでは時間がかかりすぎる」

感情を排した声は事実だけを伝える。勢いを削《そ》がれたイヴェットは口を噤んだ。

魔法で探す以外の方法を挙げるなら、オリバーも加えた三人で捜索に当たることくらいだ。

だが、アレンの言う通り、広い王宮に対してたった三人の人員は充分とは言えない。王宮暮らしの彼が言うのだから、その難しさは保証済みだ。

ぐ、と唇を噛んで、イヴェットはアレンの提案を承諾した。


日没が近づき、西棟の各部屋にも燭台《しょくだい》の火が灯《とも》り始めていた。窓の向こうを見やったアレンは「……早く見つけるぞ」と呟いた。彼の言う通り、夜の帳《とばり》が下りてからでは探しにくくなるだろう。イヴェットは知らぬ間に目尻に溜《た》まっていた涙を乱暴に拭って「はい」と答えた。

自室の中央に立ち、深く息を吐いた。

心臓の鼓動はまだ速い。だけど、待っていて落ち着きそうな気配もない。弱気を心の奥へと押しやって、イヴェットは鞄の中を探った。

(――お願い。うまくいって)

鞄から取り出したのは、魔道具として使うことを考えて忍ばせていた硝子《ガラス》の小瓶だ。なかには赤茶色の鱗《うろこ》が収められている。探しているフェリクスの鱗だ。

小瓶の蓋《ふた》を開け、数枚分の鱗を取り出したイヴェットは、躊躇《ためら》うことなくそれを握り潰《つぶ》した。ざりざりとした感触を指のうえで広げながら、粉となってしまった鱗にそっと息を吹きかけた。

赤茶色の粉は、ふわりと宙を漂った。大気を優しく一撫でして、イヴェットは杖に手をかける。下準備はここまで。そしてここからが正念場だ。

目を閉じ、集中する。いつもより入念に、神経を研ぎ澄ませて杖に魔力を流し込み、その杖で大気を掻き混ぜた。すると談話室で放った時のように、室内に靄が生まれ始める。

魔力が満ちる気配を皮膚で感じ取ったイヴェットは、杖を逆立て、願いを口にした。

「フェリクスの居場所を教えて」

そうして、閉じていた目を開ける。眼前の光景に目を瞠《みは》らせた。頭上には、隙間《すきま》なく充満する靄があった。

この魔法における靄の量は、そのままイヴェットの魔力量を表す。間違いなくこれまでで一番の魔力量を示す靄に、杖を握る右手に力が入る。

だが、それはぬか喜びだったのか、宙に浮いた魔力の靄は、いつかの時と同じく瓦解を始める。

「あ……」

悲愴《ひそう》な呟きが漏れた。

やはり、無理か。

折角もち上がった気持ちが、水分を失った花のように萎《しお》れていく。

呼応するように杖を持った手も徐々に下がっていく。しかし、完全に降ろそうとした右手を、底から支える手があった。節くれだった長い指の持ち主が誰かなんて、確認するまでもない。

アレンの声が耳元で聞こえた。

「冷え切っているな」

「……アレン様？」

常なら一定の距離を保っていたはずの彼が、今はごく近くにいた。視線を合わせないための配慮か、青い瞳はイヴェットの持つ杖に向けられている。

「緊張している証拠だ。身体が冷たく強張《こわば》っていては、いい結果も生まれにくいだろう。一度深呼吸したらどうだ」

「い、いきなり何を」

魔法に口を出されたことに不快を覚えるよりも、行動の突飛さに不意を突かれた。動揺したイヴェットに対して、アレンは「一般論だ」と淡々と述べる。

「俺は魔法には明るくないが、一般論なら心得ている」

「……一般論って、王子の癖に」

「それはそうかもしれないな」

空気が動く。顔を見たわけではないが、彼が微かに笑った気配がした。

慰めのつもりなら、今は不要だというのに。

内心ではむすっとしながらも、イヴェットは己の身体から余計な力が抜けていることに気づく。アレンの唐突な行動によって、図らずも緊張が解けたのかもしれない。あるいは、それを狙《ねら》ってイヴェットに声をかけたのかもしれないけれど。

（どちらにせよ、今考えることではないわね）

集中の糸を手繰《たぐ》り寄せるように、イヴェットは背筋を正した。

今ならもう一度だけ、やってみる価値はあるだろうか。

杖を構え直すと、意図に気づいたのか無言のままアレンの手が離れていく。

慎重に杖を動かし、先ほどと同じ動作を終えた頃《ころ》には、充分な魔力が戻ってきていた。

イヴェットは瞼を閉じた。視覚からの情報が遮断され、自身の吐息や心臓の鼓動が耳に入ってくる。

彼の忠言に従って、深呼吸をした。短く吸って、長く息を吐く。数回繰り返したところで、大切なサラマンダーのことを思い浮かべた。どうか無事であってほしい、と彼の安否を気にする心が、刻む鼓動の音を少し速める。

「焦らなくて大丈夫だ。きっとうまくいく」

杖の先が揺れたことを見逃さなかったのだろう。アレンの声が背後から耳に届いた。

年齢に見合わぬ落ち着きと穏やかさを纏った声が、逸《はや》る心にすとんと落ちて、かちりとはまった。

不思議な声だった。飾らない言葉に勇気づけられたみたいに、水底から湧《わ》き出る泉のように力が漲《みなぎ》ってくる。

イヴェットは杖を構え直した。

感覚を研ぎ澄ませるべく深く呼吸する。その数瞬後、杖が熱を帯び始めた。

初めての感覚に堪《こら》え切れなくなったイヴェットはたまらず目を開く。

杖は、熱を持つばかりか、温かな黄色の光を放出していた。待ち望んでいた光景を目の当たりにして、イヴェットは呆《ほう》けた顔で呟く。

「成功、した……？」

ジェナの蔵書に書かれていた通りなら、この杖の光が対象物のいるところへ連れていってくれるはずだ。

恐る恐る杖を動かすと、光はその方向をくるくると変えた。今度こそ成功だとわかって息を呑む。魔法は成立した。この光が指す方向へ向かえば、そこにフェリクスがいる。

何度か杖の向きを変えて、光の行く先を確かめれば、光は部屋の外を指した。

苦戦していた魔法に突然成功したことに、疑問がないわけではない。だが今は、成功の理由を探すことよりも先に、為すべきことがあった。

「……行ってみましょう」

「ああ」

イヴェットの誘いにアレンも深く頷いた。

廊下へと通じる扉を開けると、幸い人影はなかった。杖から零《こぼ》れる光は、日暮れかけた廊下を照らす燭台の代わりになって、進むべき道を示してくれる。

光の指す方向に従って、いくつかの角を曲がるうち、扉の数が少なくなっていく。それほど広い部屋が多いのだと内心で合点していたら、きんと耳鳴りがした。

（しまった。魔力を使いすぎて、魔力切れを起こしかけてる……）

苦々しい表情を浮かべる。魔法を行使するために必要な魔力が底をつきそうになっていた。

歩みが鈍くなったことに勘づいたアレンが「どうした」と問うてくるが、「何でもないです」と返した。緩く首を振って、再び目を瞑る。減り始めていた魔力を充填《じゅうてん》するためだ。耳鳴りに加えてこめかみを起点に、ずきずきとした頭痛が広まりつつあったが、根性で捻《ね》じ伏せた。ここまで来て、諦めるわけにはいかないのだ。

「ここより先って、もう部屋は一つだけですよね」

地図を思い出して、イヴェットは訊《き》いた。山の端にかかる夕日を確認していたアレンは一拍遅れて「そうだ」と返す。

「奥に見えるのが俺の私室だ。……杖の光もちょうど指しているな」

彼の言う通り、イヴェットの杖が生み出す光は廊下の最奥に見える扉を貫いていた。

本当にあそこにフェリクスがいるのだろうかと、不安と緊張が交互に押し寄せ、自然と息を呑み込んだ。

私室への扉は、アレンの手によって開かれた。

途端、魔法を成立させていた魔力が必要量を下回ったのか、光がぷつりと途絶える。

「あっ」

悲痛な声が出た。まさかここまで来て頼みの綱が切れてしまうとは。

高い、舌足らずな声が聞こえてきたのはその時だ。

「……イヴェット？」

ぽつりとした呟きがして、はっと我に返る。今のは絶対に、フェリクスの声だった。

「フェリクス、いるのね？」

日没が迫る室内は薄暗かった。燭台に火を点《つ》ける余裕がないイヴェットを補佐するように、アレン自らが火を燭台に灯してくれた。

一拍置いて、ばさり、と翼が舞う音がした。さっきよりも明るくなった室内の最奥——寝台のほうからその音はしていた。

逸る心を抑えながらも、部屋の外には聞こえぬように細心の注意を払ってイヴェットは呼びかける。

「フェリクス、私よ。出てこれる？」

「よかった、本当にイヴェットだった」

寝台の下でごそごそと動く音がした。燭台の頼りない明かりに照らされ、ぼやけた影が床に伸び、イヴェットのよく知るサラマンダーのかたちをつくる。

「フェリクス！」

魔力切れに悲鳴を上げている身体を叱咤《しった》し、急いで育て子のもとへと駆け寄った。赤茶色の身体を抱くと、彼の身体がいつもよりも重く感じられた。それでも何とか抱きかかえると、フェリクスは短い手足をイヴェットの胴に回し、ぴったりとくっついてくる。

いじらしい様子に胸がつまり、鼻先をフェリクスの皮膚にうずめる。すると、僅《わず》かに焦げたような臭いが鼻を突いた。

「無事でよかった。でも、どうしてアレン様の部屋にいたの？」

「……ごめんよ、イヴェット。お部屋にいたら、そうじの人が部屋に入ってきたものだから、ぼく、おどろいちゃって……かくれなきゃって思って飛びこんだ先がだんろの中だったんだ」

腕の中のフェリクスは申し訳なさそうに頭を垂れた。なるほど、道理でこの焦げた臭いがするのかとイヴェットも内心で合点する。

炎を司るサラマンダーの皮膚は耐火性に優れている。暖炉の灰の熱も冷めていただろうし、火傷《やけど》をすることはなかっただろうが、それでも傷ができてはいないかと、イヴェットはフェリクスの身体を隈なく点検する。

「だんろのおくにはいくつかぬけ道があって、それらがべつの部屋のだんろに通じていることは、ぼく、わかってたんだ。前に、きょうみがわいて、おくまで進んだことがあったから」

「……なるほど。前に執務室で物音が聞こえたことがあったんだが、正体は君だったんだな」

アレンが納得した顔をする。フェリクスはしょんぼりした様子で「うん」と答えていた。

「それで、今回もだんろのおくに進んでみたんだ。そうじの人に見つからないようにしたくて……。そしたら、ぬけ道のなかにエースのにおいがする道があるのに気づいて、つい追っていたらこの部屋のだんろにたどり着いたんだ」

　眠りネズミの名前が出ると、アレンがはっとした様子で窓辺に近寄った。

「アレン様？　どうかしましたか？」

「いや……」

　否定する彼の声音はやや上擦っていた。視線の先には、夜の帳が下りた空があった。それを見上げる彼の表情は強張っており、明らかに動揺していることが伝わってくる。

「……まずいな」

「何かあったんですか？」

　サラマンダーとの感動の再会も束の間、室内に緊迫した空気が満ちた。その源であるアレンはカーテンを閉めながら、イヴェットに背を向けたまま命じてきた。

「君は早くフェリクスを連れて自室に戻れ」

「え？」

「早く。ここから出ていってくれ」

「わ、わかりました」

　常よりも強い語気に驚き、承服しながらもイヴェットは首を捻《ひね》る。

淡々とはしているが、立場を利用して威張り散らすような性格ではないと思っていた。それが今、ほんの少しだけだがベネディクトを思わせる語調で命じている。

とはいえ、夜更けに王子の私室にいることがよくないことだというのはわかる。本当なら魔力切れで疲弊した身体を少し休ませてから出たいところだが、もしこの現場をオリバーに見られたりでもしたらたまったものじゃない。何か言いたげなフェリクスの頭を撫で、イヴェットは膝に力を入れて立ち上がった。

その刹那《せつな》だった。

ふらつく視界の隅で、アレンが崩れ落ちる様子が映った。

「アレン様？」

尋常でない気がして、踵を返しかけた足を戻す。

その僅か二、三瞬の間に、王子の身体は消えてなくなっていた。

「えぇっ」

魔力切れの疲労が一瞬だけ吹っ飛ぶ。窓辺にいたアレンの姿は夜風に攫《さら》われたように掻き消えていた。

フェリクスを抱いたまま、しばらくその場に立ち尽くした。

首をめぐらせ、部屋の隅々を見回しても、まるで初めからいなかったみたいに忽然《こつぜん》と、アレンの姿は消えていた。

イヴェットは力なく呟いた。

「どういう……。一体、どういうことよ」

「イヴェット、おろして。ぼくをおろして」

呆然《ぼうぜん》とする育て親の腕の中で、フェリクスが短い肢体を暴れさせて懇願する。

「フェリクス？　一体どうしたの」

「においエースのにおいがするよ」

「あっ」

短い手足で器用にも脱出した彼は、とてとてと窓辺に向かっていく。イヴェットも慌ててその後ろを追った。

「ほら！　やっぱりエースだ！」

喜色満面の笑みを浮かべた彼の視線のその先には、いつかの時に見た、眠りネズミの姿があった。

銀色の毛並みをした眠りネズミことエースは、抱きついてきた火蜥蜴を威嚇するように鳴いていた。しかし、無邪気なフェリクスはそんなことお構いなしだ。抵抗虚《むな》しく前足で囲われ、肌を擦りつけられる頃には眠りネズミの表情には諦念が浮かんでいた。

「あれ、この服って……」

近づいたイヴェットは、一つの違和感を覚えた。

眠りネズミの下には、直前までアレンが身につけていたと思われる衣服があった。残骸《ざんがい》のように無残に散らばった衣服にそっと触れると、仄《ほの》かな温かさがそこに残っている。

背筋を冷たい汗が流れた。

初めてエースと会った時を思い出す。フェリクス曰く、エースは家族とずっとお城で暮らしていると言っていた。おまけにエースの毛並みは銀色で、瞳の色は青だ。アレンと同じく。

どうしよう。とても悪い予感がする。

魔力切れがもたらす頭痛と闘いながら、イヴェットは考えた。やがて、辿《たど》り着いた仮説をおずおずと、声を震わせながら口に出す。

「エース、あなたはもしかして……アレン様なの？」

仮説が事実に変わったのは、目を瞑った眠りネズミが頷いたからだった。はっきりと人語を解する様子や、頑《かたく》なに視線を合わせないようにしようとする仕草は完全にアレンのそれだった。

瞬間、張りつめていた糸が切れて、身体が急速に休みを訴えかける。予想だにしなかった出来事に加えて、魔力切れによる疲労が頂点に達したのだ。

地面が揺れるような感覚がして、イヴェットはその場でたたらを踏んだ。頭は重く、鈍く痛んだ。瞬きを一つするだけでもひどく億劫《おっくう》に思えた。

「イヴェット、だいじょうぶ？」

異変に気づいたフェリクスが叫ぶ。彼の腕に抱かれたエースもといアレンも、何か悪いことが起こったことを察したのか、閉じていた目を開けた。

その青い瞳と目が合ったかどうか、認識できないまま。

魔法使いの身体は床に崩れ落ちた。

「イヴェット！」

薄れゆく意識のなか、育て子の悲痛な声とアレンのきゅーという儚《はかな》い鳴き声が耳に届いた気がした。


目を覚ますと、まず視界に入ってきたのは高い天井だった。光の差し込み具合と明るさから、今が朝だということがわかる。晴天のようだが、気温はまだ肌寒い。暖炉が稼働しているらしく、時折ぱちりと薪《まき》が爆《は》ぜる音がした。

（……ええと、たしか「魔力切れ」を起こして、倒れて……）

魔力切れを起こしたことは覚えているが、もう一つ、何か大切なことを忘れている気がする。

寝台に横たわったまま、イヴェットはゆっくりと瞳を動かした。椅子《いす》に腰かけたアレンの後ろ姿が目に入る。すぐ傍にはフェリクスもいた。見たところ怪我もしておらず、いつもの元気な彼だった。

アレンは背を向けていたが、イヴェットの位置なら彼の横顔くらいは確認できた。分厚い本のページを一枚一枚大事そうにめくっている。

イヴェットが目覚めたことに気づかないフェリクスは、無邪気にアレンの肩によじ登り始めていた。その炎色の目に警戒の色は浮かんでいない。

読書を中断されたアレンだが、彼が浮かべた表情も穏やかだった。歳《とし》の離れた弟妹をあやすように、小さい彼が登りやすいように自ら身体を傾けてやっている。

この僅かな時間で仲良くなったのだろうか、と不思議がりつつも目を細めた。しかし、感慨を抱いたのはその時までだった。

頂上に辿り着いたフェリクスがあんぐりと口を開け、アレンの頭に噛みつく。イヴェットの思考は一気に冴《さ》えかえった。

(フ、フェリクス……！)

サラマンダーには、びっしりと細かい歯が生え揃《そろ》っている。当然、噛まれたらそれなりに痛いはずだ。

頭から血を流すアレンを想像して、イヴェットは身を起こしかける。

だが、予想に反して、返ってきたのは笑い声だった。

「……はは」

僅かに弾んだ声はほかの誰でもない、アレンのものだった。抑揚のない、感情の読めない声で話す彼ばかり見てきたから、そういう声で笑うのだな、と見当違いなことを考えてしまう。

朝日を受けて透き通って輝く銀髪を噛まれながら、彼はされるがままだった。フェリクスを振り払うこともなく、頭から血が流れ出てくる様子もない。

何はともあれ、よかった。ほっと胸を撫で下ろしたのも束《つか》の間、脳裏を掠めた違和感に気づいてイヴェットは瞬きをした。

(何だろう。この二人が仲良くしているのって、すごく違和感があるわ。ううん、違和感っていうか、解決できていない謎《なぞ》が放置されている感じ……)

内心で唸りながら、意識を失う前に視た光景を再生しようと、集中するために瞼を閉じた。

(そうだ、アレン様が急に部屋の中で消えたんだわ。驚いていたら、フェリクスがエースを見つけて、その彼はアレン様が身につけていた衣服の上に座っていて――)

違和感が呼び水となって、倒れる前の鮮明な記憶が戻ってくる。

探知の魔法が成功して、フェリクスの居場所を見事突き止めることができた。彼がいたのはアレンの私室で、彼を連れて部屋を辞去しようとしたところで突然アレンが姿を消して――代わりに現れたのは。

「エースってアレン様なの!?」

自分でもどうかと思う寝起きの言葉を叫び、横たえていた身体をがばりと起き上がらせた。まだ本調子でなかったのか、頭を鈍い痛みが襲い、自業自得ではあるが顔を顰《しか》めた。

「起きたのか」

「イヴェット！　よかったぁ」

アレンがそっぽを向く。同時に、彼の肩で戯《たわむ》れていたフェリクスが胸元に飛びついてきた。

「わっ」

抱きかかえた腕に、サラマンダーの熱が伝わってくる。いつもの習慣でつい頭を撫でると、フェリクスは炎色の目を気持ちよさそうに細めた。

「体調は？　痛むところはないか」

視界の端でイヴェットを認めて、アレンが言った。声色はいつもの平坦なものに戻っている。フェリクスに見せていた笑顔も打ち消され、いつもの無表情が貼りついていた。

「……まだ少し頭痛がするけど、でもだいぶ楽になりました」

「そうか」

アレンの肩に入っていた力が抜ける。背中を丸めた彼が「……よかった」と小さく呟いたことを、換気のために僅かに開けた窓から入り込んできた春風がそっと教えてくれた。

イヴェットは自身にかけられていた毛布を掴んだ。生地も織り方も最高級のそれは、これまでに触れてきた毛布のなかで最も柔らかく、暖かい出来栄えだった。深呼吸をすると、甘く爽やかな香りが肺を満たす。薬草を調合するために培った知識を引っ張り出して、それが疲れや緊張をほぐす効果のある薬草の香りだということを突き止めた。

「アレン様」

無言を貫く彼の背中に、イヴェットは呼びかけた。

「聞きたいことがあるんですが」

「……だろうな」

やや間が空いて、返答がある。振り返らない彼に構わずに質問を続けた。

「あの眠りネズミ……エースは、あなたということで合っていますか？」

「ああ、そうだ。あれも俺の姿だ。魔法使いの君なら、もう勘づいていると思うが、俺にかけられた呪いは一つじゃない。二つあった」

「一つが眠りの呪いで、もう一つが眠りネズミになる呪いということですね」

「そうだ。より正確を期すなら、もう一つの呪いは、日没後に眠りネズミに変身し、日の出後に人間に戻るという呪いだ」

補足が入り、イヴェットは魔法屋から王宮までの道のりを思い出した。

男女故に、部屋は別々で泊まるのが当たり前ではあったが、思えば完全な日暮れを迎える前に宿屋に入ることが多かった気がするのだ。夜も移動に使えばもう少し王宮へ早く着けるだろうにと、首を捻ったことを覚えている。呪いの解呪は早く頼みたいと言っていながら、旅程は悠長なところが気になってはいた。

「ひょっとして、目の下の隈も眠りネズミの呪いと関係があるんですか？　変身している間は眠れなくなるとか、そういう副作用もあるんでしょうか」

「いや、眠りネズミの姿であっても、人間の時のように眠ることはできる。ちなみに、変身している間も意識はあるし、記憶も残る」

アレンは首を振った。幸い、呪い自体に人を不眠にする作用はないらしい。

「……隈ができているのは、眠りが浅くなっているからだろう。眠ろうと思ってもなかなか寝つけない。眠れたとしても、一時間おきに目覚めてしまっているのが現状だ」

「そんな、どうして……」

「どうしても、眠りネズミに変身している間は心が落ち着かない。暗い夜の時間帯に、不安ばかりが駆け巡ってしまう。俺に呪いをかけた人物が、俺が無力な状態になった時を見計らって襲撃してくることはないか。猫や猛禽《もうきん》類に捕獲されることはないか。……明日《あす》になって、本当に人間に戻ることはできるだろうか。呪いの効果が日に日に強くなって、明日はもう人間に戻れないのではないだろうか、と」

彼の声が、いつもより弱々しく聞こえた気がした。

呪い自体に不眠の作用はなくとも、呪いがもたらす心理的な負担が、彼に不眠という状況を強いていたということだ。イヴェットは無意識に唇を噛んだ。

「その……もう一つの呪いについて、よくわかりました。隈の理由も。でも、どうして最初に出会った時に、もう一つの呪いのことを話してくれなかったんですか？」

思いがけず非難めいた口調になってしまった。ただ、最初からすべてを話してくれていたら、ジェナへの手紙に二つ目の呪いのことが書けたし、余計な手間が省けた気がするのだ。

アレンの丸められた背中が、より丸くなった気がした。

「優先順位で言えば、眠りの呪いの解呪のほうが最優先だったからだ。眠りネズミになる呪いは、夜間の過ごし方に気をつけていれば、周囲を驚かせることも迷惑をかけることもない。だが、眠りの呪いは視線を合わせるだけで発動してしまい、周りも巻き込んでしまう。少しでも早く解呪に至りたかったから、もう一つの呪いのほうは後回しにしたんだ」

アレンの説明は完全に腑《ふ》に落ちるものではなかった。自分の身体が別の生命体に造り替えられるなんて、恐ろしくないのだろうか。そこまで考え、彼の観点が自分には向いていないことに気づく。どうやら彼は、周囲への被害を最も懸念しているようだった。

「……もしかして、眠りの呪いによって眠らされた人が既にいるんですか？」

「そうだ」

抱いた疑問をぶつけると、アレンはそれを肯定した。

咄嗟《とっさ》の返答が浮かばずにいると、彼のほうが先に言葉を引き取った。

「半年前のことだ。その日は諸侯が訪れ、南棟にて国王と会合を開いていた。会合自体は恙《つつが》なく終わったが、帰り時間になって、諸侯の一人が連れてきた飼い猫が西棟の談話室へ迷い込んでしまった。……先日、君が届けてくれた手紙の差出人である北の諸侯の飼い猫だ」

ああ、とイヴェットは内心で呟く。そういえば、手紙を受け取った彼の反応はどこか硬かった気がする。

「物音に気づいて、談話室に入ってきた俺とたまたま目が合ってしまい、猫はその場で眠ってしまった」

「その猫は、その後……」

「すぐに目覚めた。が、ここからが厄介だった。飼い猫を追ってきた諸侯とも視線が合ってしまって、彼もその場で倒れてしまった。翌朝には目覚めたからよかったが」

「……なるほど。王宮に来て最初に談話室を探らせたのは、そこが初めて呪いに気づいた場所だったからということですね」

合点したイヴェットに、アレンは「その通りだ」と頷いた。

「勿論、諸侯が倒れたその時点では、自分に呪いがかけられているという確信があったわけではない。……確信に至れたのは、その日の晩に俺の母親——第二王妃のシンシアに会った時だ。猫、北の諸侯に続いて母が突然目の前で倒れ、翌朝もその次の朝も目覚めなかった時、尋常でないことが起きていると認識した。……結局、母は半年経った今も眠ったままだ」

「そんな、半年も……」

告げられた深刻な事態に、イヴェットは二の句が継げなくなる。腕の中のフェリクスも長い目を見開かせ、驚いた顔をした。

「どうして、シンシア様だけそんなにも長い間目覚めないんでしょうか」

「わからない。ただ、その日に初めて会った諸侯の飼い猫や、白梟《しろふくろう》のルーナは数十秒で目覚め、面識はあったとはいえ、日頃の交流はなかった北の諸侯は一晩で目覚めた。もしかしたら親密度の高さによって、眠りに就く長さは比例するのかもしれない。好意と言い換えてもいい」

もしそれが事実だとしたら、性質の悪い呪いだ。親密な相手にこそ相談したい事態を、容易に会って話せなくさせているのだから。イヴェットは眉根《まゆね》を寄せた。

「とはいえ、北の諸侯も母親も、眠りに就いた日数が異なるだけで症状は同じだった。食事や水分を必要ともせずに、ただ昏々《こんこん》と眠り続けるだけだ」

「たしか、シンシア様は今、郊外にある王家の別荘で過ごされているって……」

「ああ。それは事実だ。ひと月経っても目覚めない母を診て、国王と侍医が判断した。市井の者には、君が今言ったように別荘地で過ごしている事実だけが伝わっているだろうが、侍女や衛士など周囲の者には、別荘で病の療養をするためだと伝えている。俺もその措置に納得している。別荘地にいる理由が、呪いによるものだと知られてしまったら、王都の民が抱く魔法使いへの感情が悪い方向へ変わりかねないからな」

風が雲を動かしたのか、部屋に差し込む陽光が弱くなった。離れて座ったアレンの背中が日陰に呑み込まれて、少し寒そうに見えた。

「ルヴの悲劇から十三年を経た今も、魔法使いとの間にできたしこりは完全には消えず、貴族のなかには怨恨《えんこん》をもつ者もいる。だから今、母の状態――ひいては俺にかけられた呪いを知られてはいけない。そのため、母のことは信頼できる侍医に任せ、別荘で診てもらっている」

「そうだったんですね……」

イヴェットは毛布の端をきゅっと握り締めた。淡々と語るアレンの胸中を想像する。

自身の呪いのせいで眠りに就いた母親はいつ目覚めるのか、不安でたまらないだろう。何より、こうなってしまったのは自分のせいだと自責の念に駆られているはずだ。

そのうえ、視線を合わせるだけで眠らせてしまう呪いを受けているわけだから、他者に直接助けを求めることが難しい状況にさせられている。

それは、とても辛《つら》いことなのではないだろうか。

やるせない気持ちになって、イヴェットは俯く。悲しそうに目を細めたフェリクスが視界に入った。無意識にその小さな身体を撫でると、フェリクスはぎゅっとイヴェットのお腹《なか》にくっつくように丸くなった。

(……もし私が、この目のせいでフェリクスを眠らせてしまって、彼が目覚めなくなったら)

きっと、どうしてこんなことになってしまったのか後悔するだろう。誰がこんな呪いをかけたのかと怒りもする。自分は魔法使いであるし、すぐ傍には偉大な魔法使いであるジェナがいるから、解呪の法を探す手立てはありそうだが、そうした立場でないアレンからすれば未知の世界だったはずだ。

そんな不安のなかで、彼はジェナの存在に辿り着き、セディングの魔法屋を訪れた。

決して容易な道ではなかったはずだ。言い換えれば、そこまでしてでも、肉親を眠りから目覚めさせたいということだ。

イヴェットは瞳を閉じた。とうの昔に亡くなった、顔も覚えていない両親のことを考える。

もともと、イヴェットは拾い子だ。ルヴの悲劇が起こった十三年前の王都で、幼い自分をジェナが助け出してくれたと聞いている。イヴェット自身に当時の記憶はなく、ジェナも当時のことを詳細には語ってくれなかった。ただ一つ、両親と思《おぼ》しき二人の男女がイヴェットを庇《かば》うようにして倒れていたらしい、と伝聞口調で教えられている。恐らくは、善良な魔法使い側として応戦していたのだろう、というのが彼女の見立てだった。

（……何とかしてあげたい。アレン様をお母さんともう一度会わせて、話をさせてあげたい）

我が子を庇って斃《たお》れた、善き魔法使いの両親にイヴェットはもう二度と会えない。

どんなに会って話をしたいと思っていてもそうはできない現実があること。それがどれほど辛いかは、イヴェットも身をもって知っている。だからこそ。

（……何かできることはないかしら。半人前な私にも）

自身の境遇とアレンの置かれた立場がまだらに重なって、イヴェットの心で思考の渦をつくる。芽生えた願いと自身の力量を秤《はかり》にかけて、もどかしい気持ちに駆られていると、アレンから「話はこれでおしまいだ」と終止符を打たれた。

「もう眠たさはないか。まだ眠たいようだったら、もうしばらく休んでいっても構わないぞ」

言われて、自分が彼の寝台を占領していることをようやく認識した。途端にいたたまれなくなって、イヴェットは慌てて首を振った。

「い、いえ、アレン様の私室を占有するわけにはいきませんから。もう充分休めたので出ていきますよ」

「本当か？　だが、眠りの呪いの影響が君のなかに残っているかもしれない。今はまだ無理はしないほうがいい」

「え？」

何となく噛み合わない返答に違和感を覚え、イヴェットはアレンのほうに顔を向けた。彼のほうもイヴェットの容態を観察しようと、こちらに顔を向けていたらしく、咄嗟にそっぽを向かれた。

「何かおかしなことを言ったか？」

視線を外しながらも、アレンが問うてくる。

イヴェットは昨晩の状況を思い出しつつ、彼の発言と照らし合わせてみる。すると一つ、仮説が浮かんだ。

もしかしたら彼は、自分と目が合ったことが原因でイヴェットが倒れたのではないかと気にしているのではないだろうか。

「……あのですね」

「何だ？」

　この推測が間違いだったら恥ずかしい。だが、倒れた理由をこのまま有耶無耶《うやむや》にしておくのも彼に悪い気がして、イヴェットはきっぱりと言った。

「昨日、私が倒れたこととアレン様の呪いは関係ありません。魔法使いは、無尽蔵に魔法を繰り出せるわけじゃなくて、走ったら息が切れるように、魔法も魔力を消費しすぎると頭痛とか吐き気とかが起こって、ひどい時には気を失って倒れたりもするんです」

「なんだ、それは」

「ええと……魔法を使いすぎると『魔力切れ』という現象が起きるんです。だから昨日は――」

「どうしてそれを言わない」

「え？」

　割って入ったアレンの声は問い質《ただ》すものだったが、怒っている音ではない。知らなかったというような、不意を突かれたような響きを纏っていた。

　イヴェットが驚きに目を見開かせていると、アレンは問いを重ねてくる。

「魔力切れの話を、何故フェリクスを探す前に言わなかった」

「何故って……」

「探知の魔法をかける前に、いや、もっと前から……初めから言ってくれていたら、君に何度も魔法をかけるよう促すことはしなかった」

「そ、それは……魔法使いにとってはそれが常識、だったから……」

魔法の行使と魔力の消費の関係は、魔法使いの子どもなら誰であっても初めに習う。イヴェット自身もそうであった。

「そうか……」

おずおずと口にすると、アレンから溜息が零れた。彼は僅かに肩を落として俯いた。

イヴェットは無言のまま、視界に映るアレンを眺めた。顔が見えなくとも仕草や声が、彼が後悔していることを伝えていた。

ややあって、身動《みじろ》ぎする気配がした。

「知らないままで、すまなかった」

「……いえ、私も」

イヴェットはゆっくりと首を振った。

よく考えれば非魔法使いの者が、魔法行使の代償に魔力を支払っていることを知っているはずがなかった。魔法使いが身近な街ならともかく、彼らと折り合いが悪い王侯貴族に生まれていれば、そうした知識を得る場所も機会もない。

固定化された認識下では、大事なことも容易《たやす》く抜け落ちてしまう。イヴェット自身、彼に魔法の代償について話す必要性が浮かばなかった。そしてそれは、自分がアレンに対して無知であることも示していた。

室内に、静かな沈黙の気配が漂う。

何か話したほうがいいだろうか。思案するイヴェットに対して、先にアレンの口が開いた。

「……俺にとって魔法使いは、幼い頃に母親から聞かされた物語に出てくる存在だった」

「え？」

「俺が寝つく前によく聞かせてもらう物語があって、そのなかに魔法使いが出てくる話があったんだ」

昔話を語る調子で彼は続けた。訥々《とつとつ》とした語り方が、場の雰囲気に似合っていた。

「母親はスラウベリの出身で、君も知っての通り、あの地は王都よりも魔法使いという存在に寛容だ。地域に伝承されてきた魔法使いの物語を母から聞かされる夜の時間が楽しみだった」

思わぬ繋がりに、イヴェットは瞳を瞬かせる。徒《いたずら》に見てはいけないとわかってはいても、視線はつい彼の横顔に見入っていた。

「……ルヴの悲劇が起こってからは、母親も周囲を気遣って魔法使いの物語を語ることはやめたが、それまでに多くの話を聞かせてもらった。勇敢な魔法使いが巨悪に立ち向かう冒険譚《たん》は、派手な魔法に驚かされてばかりだった。知恵者の魔法使いが訪れた村々を救う話は、水のようにこんこんと湧いてくる知恵に惹きつけられ、今でもたまに思い出す面白さだった」

ふ、と微笑みがアレンの横顔を彩った。柔らかな光を受け、彼の瞳が透き通る。

「……だが、やはり百聞は一見に如《し》かずだな。整頓された物語のなかには、残念ながら魔力切れの話は出てこなかった。実際の魔法使いの魔法一つをとっても、話で聞くのと、直《じか》に目にするのでは違うのだということがよくわかる」

「どういうことですか？」

「君の魔法のことだ」

「私の……」

指摘され、イヴェットは首を傾げた。不意に耳元で鳴き声がして、気づけばお腹のあたりにいたフェリクスが、肩までよじ登ってきていた。

「俺が初めて耳にした魔法使いは母が語って聞かせるお伽話《とぎばなし》のなかの存在だった。だが、この目で見た魔法使いはイヴェットが最初だ」

アレンの声音が、今は少しだけ弾んでいる気がした。

「初めて会った時は驚いた。杖を振ったと思ったら、一瞬で水が目の前まで迫っていたからな」

「あ、あれは悪かったなと思ってますけど……」

ばつが悪くなって口を尖《とが》らせるとアレンは「そういうわけではない」と首を振った。

「じゃあ、どういう意味ですか」

「あの時、世界が広がる感覚がしたんだ」

何の衒《てら》いもなく言われ、イヴェットは返答に詰まった。肩を揺らしたせいでフェリクスがずり落ちそうになったところを、右手を伸ばしたアレンがかろうじて受け止める。

止まり木を移動する栗鼠《リス》のように、サラマンダーはイヴェットから離れ、アレンの腕をつたい、登っていく。

「お、大袈裟《おおげさ》です。その言い方は」

「俺としては、そう言いすぎとは思わないがな。人伝《ひとづて》に聞いたお伽話で、勝手に想像ばかりしていた存在が、急に自分の前に現れたんだ。驚きもするだろう」

本音半分、照れ隠し半分で抗議すれば、柔らかな笑みで「否」と返ってきた。翼の生えた蜥蜴を犬猫のように撫でた彼の視線は床に伏せられていたが、穏やかな湖面を思わせる青の瞳には静かな昂奮《こうふん》と熱が宿っているように見えた。

(なんとなく思っていたことだけど、アレン様って話し方とか考え方とかが少し変わってる。声音と同じくらい平坦なものの見方をしてるっていうか……。王族だし、呪いをかけられた被害者だし、魔法使いを憎んでいてもおかしくないのに、話しぶりからはそうは思えないし……)

内心で呟いた。国を治める王族の視点ともなると、庶民の――しかも魔法使いの思考では測りきれないものなのかもしれない。

ただ、一つ言えるとしたら、アレンのその眼差しは人として好ましいということだ。少なくともイヴェットはそう思う。

「すまない、俺ばかり話しすぎてしまったな」

思考している間、口を閉ざしてしまったイヴェットに気を遣ってか、アレンが片手を持ち上げた。「い、いえ」と返しながら、辞去しようと寝台から降りかけたところで、イヴェットは、彼にまだ礼を言っていないことに気づく。

「あの」

「何だ？」

「まだお礼を言えていませんでした。私が倒れた時、心配してくれてありがとうございました。フェリクスを探す時も傍にいてくれて……その、助かりました」

「礼を言われるほどのことではない。無事に見つかってよかった」

何でもないことのようにアレンは首を振った。ひょっとしたら、礼を言われたことに対する照れ隠しだったのかもしれない。

彼は表情を隠すように顔を背けたまま「それと、その話し方だが」と指摘した。

「昨日のように、砕けた言葉で話してもらって構わない。敬称も不要だ」

「え？」

思わぬ提案をされ、イヴェットはきょとんとした。

「取り繕うのは苦手だろう」

「それはまあ……そうですけど。えっと、本気なんですか？」

「ああ。人がいる場面ではまずいだろうが。俺とオリバーの前ぐらいなら、問題ないだろう」

「オリバーさんの前で話すほうがまずいと思うんですけど」

この場にはいない騎士の忠君ぶりを知るだけに、主人を軽んじていると思われたりしないか、悪い予感が頭を掠める。警戒するイヴェットに、アレンは苦笑を漏らした。

「オリバーにも話を通しておこう。俺に対するフェリクスの話し方には苦言を呈していないのだから、君が話し方を変えてもしつこくは言わないだろう」

名前を挙げられ、フェリクスは得意げな顔をした。

「ふふん、たしかに。ぼくはよくてイヴェットはだめだなんて、かっこうがつかないよね」

「ああ。オリバーは格好いい人間だから、この提案も受け入れてくれるだろう」

そう言って、彼は視線を伏せた。長い睫《まつげ》毛の下に覗く青の瞳は、湖面の中で揺れている月のような、岸辺に一人で佇《たたず》み夜明けを待つような寂しさがあった。

「イヴェットにはもう一つ、言っておくべきことがあったな」

「……言っておくべきことって、何を？」

問えば、「今更むしのいい話を、と思うかもしれないが」と断って、アレンは口を開いた。

「この王宮にいる間は、もう少し頼ってくれていい。フェリクスのことだって一人で探さずに、最初から俺たちに打ち明けてくれて構わなかった」

諭すような口調に、イヴェットは顔を俯かせた。

倒れたイヴェットを休ませるために明け渡してくれたふかふかの寝台も、肌触りのよい羽毛の毛布も、疲れや緊張を解きほぐす香りも、すべてはイヴェットのために用意されたものだとわかる。温かい気遣いに満ちたそれに気づけないほど鈍感ではない。

何よりも、フェリクスを探すために彼は尽力してくれた。失敗して蹲《うずくま》るイヴェットを支えてくれた彼の言葉は真摯《しんし》で、そこに嘘はなかったはずだ。

毛布の端をきゅっと握った。

（……無口で無表情だけど、本当は優しくて温かい人なんだ。きっと）

この王宮にいる間は、フェリクスのほかに味方はいないと思っていた。けれど今、信じてみてもいいかもしれないと思う人がイヴェットの前に立ち現れた。

「……お心遣いに感謝します。話し方についてもわかったわ」

頷いて、言葉を返した。

「金輪際、あなたたちの前では改まった話し方はしない。もともと行儀がいいわけでもないもの。そのほうが正直助かるわ」

豪気に溢《あふ》れたジェナを近くで見て育ってきたイヴェットである。本心からの言葉だった。

「それでいいのね？」

「それがいい」

ふ、と笑う気配がした。表情は隠すのに、声は意外と素直なのかもしれない。新しく知った一面に、イヴェットは好奇心がくすぐられた心地になった。

その後、丸一日の静養を命じられたイヴェットは自室に戻り、フェリクスと過ごしていた。

予期せず訪れた、王宮に来て初めての休日であったが、日頃一緒に過ごせない鬱憤《うっぷん》を今ここで晴らすように、彼が望む限りのことをしてやった。

そうして、空の色が茜色から葡萄《ぶどう》色に移りゆく頃、イヴェットはさりげなく窓を開けた。

ジェナの移動距離とルーナの飛行速度とイヴェットの現在地点。それらを計算すると、師匠の返事がくる日は、今日か明日かという頃合いだったからだ。

果たして、その日は今日となった。

「ルーナだ」

先に気づいたフェリクスが、喜色満面の声で無邪気に笑う。

追ってイヴェットも、広がる空の向こうに白く光る飛行体を捉えて頷く。窓を大きく開け放つと、その数瞬後、真っ白な塊が、窓から差し出したイヴェットの右腕に止まった。

「ルーナ。よく来てくれたわ」

空から飛来したのは、ジェナの相棒で博識な白梟のルーナだった。

大好きな梟の名を呼ぶと、それに呼応するように彼女も鳴き声を上げた。とはいえさすがに飛び疲れているらしく、いつも落ち着いた彼女にしては珍しく、甘えるように体重を預けてきた。労《いたわ》るように頬を寄せると、森の草木たちの匂いが鼻腔をくすぐった。

「急いで来てくれたのね、ありがとう。怪我はしてない？」

問えば、ルーナはふるふると頭を振って否定した。その返答にほっとしつつ、イヴェットは潜めた声で気になっていたことのもう一つを口に乗せた。

「ジェナは手紙を読んだかしら。彼女、何か言ってた？　……返事の手紙と、お守りを預かった、って？」

ルーナの円《つぶ》らな瞳から得た情報にイヴェットは首を傾げる。とりあえず手紙を読もうと、ルーナの片足にくくりつけられていた紙を解く。古びた紙を開くと、そこに書きつけられているのは師匠の大雑把《おおざっぱ》な字だ。人柄が滲《にじ》む字に懐かしさを覚えたのも束の間、文章を読み進めるうちにイヴェットの目つきが険しくなる。

手紙によると、才気に溢れた次代の賢者は、滞在先で新しい魔法を思いついたらしい。今はその発明に勤しんでいるため、王宮へ着くにはもう一週間ほどかかると書いてある。しかも、新たな魔法を創り出すために、材料となりそうな貴重な薬草や宝石を買い漁《あさ》っているとも。

「出稼ぎに行った先で、魔法の発明に勤しんでるのはジェナらしいけど。お願いだから、借金だけはつくらないでよ……」

こめかみを押さえて悲愴な声を上げた。本心から出た言葉だった。

師が発明にのめり込む気質なのは知っているが、よりにもよってこんな時にそれが発動してしまうとは。知らずのうちに深い深い溜息が漏れる。だが、ジェナに育てられ、彼女がどんな時に動くかを知っているから、小言は出ても、彼女の行動を責める気にはならなかった。

「だってそれが魔法屋の仕事……魔法使いの仕事だものね」

きっと、この発明も誰かのため。ジェナの考えた魔法は、困っている誰かを救うのだ。いつだって誰かのために走ってきた師匠の姿を、イヴェットは知っている。

「ふふっ、『無茶はするんじゃないよ』だって。あの人らしい手紙ね」

弟子を気遣う、ぶっきらぼうながら温かい言葉で結ばれた手紙を読み終わり、イヴェットは微笑む。次いで、ルーナから渡されたお守りをしげしげと眺めた。手紙によると、旅の無事を祈るお守りらしい。涙形に整えられた紅玉《ルビー》が、首から下げられるように加工されている。魔除《まよ》けや癒しを司るこの宝石は、魔道具の杖に嵌《は》め込まれたものと同じものだ。イヴェットは少しの間、それを手のひらで弄《もてあそ》んだ。

すぐにはジェナの力を借りられないことは、イヴェットの気を多少は揉《も》ませた。だが、遠く離れた地でどこかの誰かを救おうとしている師のことを想《おも》って、後ろ向きの思考はここで止《や》めなければならない。

空を仰いで、迷いを振り切るように頭を振った。幾千もの綺羅星《きらぼし》が縫いつけられた夜闇《よやみ》の絨毯が広がっている。

夜が来たということは、アレンの姿も眠りネズミに変わっているということだ。あの広い私室の中でぽつんと、今も独りぼっちで過ごしている。天敵に見つかりはしないか。寒さは凌《しの》げるのか。想像するだけでも様々な困難がありそうだ。

何より、不安な気持ちで独り過ごす夜は、永い時間に感じるものだ。

初めてエースと会った日のことを思い出す。「たすけて」と叫ぶエースの声を、フェリクスが聞いていた。普段の落ち着き払った彼からは想像できないけれど、独りで過ごす夜というものは、きっとそれくらい辛いものなのだ。

不意に目頭が熱くなった。心配して覗き込んでくるルーナとフェリクスにしっかりと視線を合わせ、イヴェットは何でもないと首を振った。

袖口《そでぐち》で目尻に浮かんだ涙を拭き取る。素っ気ない風がイヴェットの額を撫で、ほんの少しだけ頭を冴えさせる。

(泣いてる場合じゃない。私がしっかりしないといけないんだから)

呪いに対抗できるのは魔法使いだけだ。そして今、この王宮に魔法使いはイヴェット一人しかいない。涙を流すよりも、未熟さを嘆くことよりも、やれることがあるはずだ。

うん、と一つ頷いた。

「頑張ってみよう。私にできることを。最大限で」

だって、イヴェットは魔法使いなのだから。

凛《りん》として意志を持った言葉が夜空に響く。真っ直《す》ぐで捩《ねじ》れない意志が呼び水に変わったように、魔力が自然と湧いてくる。昨日より少しだけ大人びた少女の横顔を月明かりが照らしていた。

第四章　魔法使いには不向きな魔法

その日、イヴェットが最初の仕事に選んだのは、談話室の探索だった。

「うん、あれからしっかり寝て休んだし、魔力も万端ね」

談話室の中央に立って、イヴェットは息を吐いた。纏《まと》っていたケープの下から杖《つえ》を取り出し、構えた。

フェリクスを見失ったあの日、彼の行方《ゆくえ》を追うために自室で放った魔法は成功した。今度はそれを、呪《のろ》いの痕跡《こんせき》を探る魔法に変えればいいのだ。

(それに、今ならまだ成功の感覚を覚えている。記憶が鮮明なうちに、魔法を試してみたい)

失敗ばかりが多かったイヴェットにとって、アレンの助けを借りながらも、辛くも成功したという実体験が心の奥で根を張っていた。魔法を扱う繊細な神経が研ぎ澄まされている感覚もいまだある。

(この間と同じようにやるんだ。そうすれば、きっと魔法は応えてくれる)

無音の空気をたっぷりと吸い込み、瞳《ひとみ》を閉じた。

指先を通じて、杖に己の魔力を流し込む。泉のように湧《わ》き出る魔力を想像して、持てる力の最大限の量を杖に分け与えた。

その後も、月、大地、群れの魔法に助力を乞《こ》い、魔法を完成させていく。最後に、皮膚に杖を突き立て、ぐん、と最後の魔力を杖に送り込む。瞬間、膨れ上がった魔力が一気に放出されたような、はっきりとした手ごたえが感じられた。

イヴェットは薄く目を開いた。目の前の光景に思わず瞳を揺らす。室内には、薄灰色の靄《もや》が充満し、そこから小粒の光が生み出されていたのだ。

生み出された光は徐々に多くなり、やがて一つの図形を描いていく。これが魔法陣。すべての魔法が持つ、魔法の設計図だ。

「できた……！」

杖を持つ手が情けなく震えた。零《こぼ》れた呟《つぶや》きも同様に。

喜んだのも束《つか》の間、イヴェットは表情を引き締めた。今度は、食い入るように魔法陣を見つめる。

解呪の法を探るには、この魔法陣を読み解く必要があるのだ。色は何色あるか、光の並び方に規則性はあるか、あるとすればそれはどういったものか、象《かたど》っている紋章や植物はないか。

くまなく目をこらして観察する。図形の大半を占めていたのは、無数の赤の光だった。真紅というよりも、暖炉で燃える炎のような橙《だいだい》色の光だ。アレンにかけられている呪いは、見つめ合った者を眠らせる呪いと、日没中に眠りネズミに変える呪いの二つだ。橙色とは、この二つの呪いの印象とは正反対の色にも思えるが、人の肉体に作用する「群れ」の系統魔法と考えれば無理な解釈ではない。人体に流れる血を連想させる炎色系は「群れ」の象徴色なのだ。

暖かな光は、魔法陣の左右に二つずつ、やや楕円《だえん》形に広がっていた。魔法陣を構成する光には青や緑も確認できた。青は、人の精神に干渉する月系統の象徴色、緑は、風や土などの自然の力を司る大地系統の象徴色だ。つまり、アレンにかけられた呪い、「群れ」「月」「大地」の三つからなる高等魔法だということだ。

しかし、最も印象的だったのは図形の右下にある黒だった。色とりどりの美しい絵画に施された、まるで署名のような異質な黒。

こめかみを汗が伝うのを感じた。それを拭き取ることもせず、イヴェットは観察を続ける。見れば見るほど、巨大な魔法陣だ。基本的に魔力量と魔法陣の大きさは比例するので、この結果は呪いをかけた術者が高位であることを裏づける。

ふと、視界の端で、魔力が崩壊し始めていることに気づいた。魔法の効果が解け始め、魔法陣ももとの姿から歪《ゆが》みつつあった。

ぐ、と歯噛《はが》みしてイヴェットは杖を下ろした。歪み始めた図形を読み解いても、それが解呪の法になるかは怪しい。徒《いたずら》に魔力を消費してしまうよりも、ここでいったん退いたほうが得策だと考えた。

靄が霧消し、光が砕け散った。大気へと溶け込んでいくそれらを見送って、イヴェットは膝《ひざ》から崩れ落ちた。

息が上がって、心臓の鼓動が速く鳴った。とはいえ、魔力切れで倒れた時ほどの疲労感はない。どちらかというと、疲労よりも魔法に成功したという昂奮《こうふん》のほうが強かった。

絨毯《じゅうたん》に座り込んだまま、イヴェットは頬《ほお》が緩むのを抑えられなかった。片側の頬だけが持ち上がり、にやりとした自信に溢れた表情をつくる。

（成功……した。今度こそ、ちゃんとできた）

静かな歓喜が身体《からだ》中を駆け巡る。

粗削りな部分はまだある。魔力をもっと流し込めていたら、魔法陣は細密画のように浮かび上がったかもしれないし、魔法が崩れるまでの時間ももう少し稼げたかもしれない。それでも、これまでの苦い思い出を軽く抜き去っていったきらめきが、あの一瞬に含まれていた。

「そうだ、談話室以外の空き部屋も見て回らなくちゃ。午後の時間いっぱいを使えば――」

背後を振り返り、窓から覗《のぞ》く太陽を見ようとした。陽《ひ》の高さから、およその時刻を計算しようと目論《もくろ》んだイヴェットの考えは、しかし予想していなかった光景を目の当たりにしたことで萎《しぼ》んでいく。

「……何よ、これ」

呆《ほう》けた声が出た。赤い瞳を驚きで染め上げたイヴェットの視界が捉えたのは、光によって描かれた図形。それは紛れもなく、魔法陣であった。――ただし、先ほどの魔法陣とは別個の。

「図形がさっきのものと違う……。別種の魔法陣ってことだわ。でも、どうして……」

事態を呑《の》み込もうと、イヴェットも集中して考える。

おそらく、イヴェットが放った探知の魔法はこの部屋全体に作動したのだろう。前方を見つめていたから、その一つだけにしか気づかなかったのだが、もともとこの部屋には二個の魔法陣が存在していたということになる。

（でもそれって、過去にこの部屋で二つの魔法が使われたことがあるってことよね）

一瞬だけ、前方の魔法陣が見つめ合った者を眠らせる呪いの魔法陣で、後方の魔法陣が眠りネズミに変わる呪いの魔法陣なのかと思ったが、後方に広がった魔法陣を観察することでその推測は打ち消された。

「青白い光が多い……。線も曲線を使われているものばかりだから、月系統の魔法ってことになるわね」

月の魔法はひとの精神に作用する魔法だ。記憶の忘却や幻覚を見せるのに使われることが多く、人の身体に作用する眠りの呪いや眠りネズミに変身する呪いからは遠い系統だ。

動転しながらも、イヴェットは目の前に浮かぶ魔法陣たちをつぶさに観察する。

「あっ……」

しかし、限界時間が来たのか後方に浮かんでいた魔法陣は崩壊していった。見る見るうちに談話室はいつもの顔に戻り、室内には悔しい表情をしたイヴェットだけが残された。

執務室で書類を片付けていたアレンは、徐々に近づいてくる靴音を捉えて首を傾《かし》げた。音の持ち主は小柄なようだが、随分と遠慮なく王子の執務室に向かってきている。

たたらを踏むような音がしたので、門番を務めている衛士に一度止められたのだろう。しかし、しばらくすると関所を無事通過できたのか、靴音が再び近づいてくる。

やがて、扉を叩《たた》く音がして少女の声が届いた。

「アレン様、イヴェットです」

「ああ、入っていいぞ」

入室を許可すると即座に扉が開いた。開けた時同様、閉めるのも一瞬だった。

視線を書類に向けたアレンは適当な椅子《いす》に座るように促した。しかし、イヴェットは恐れもせずにアレンの執務机に向かってくる。

「……イヴェット？」

言葉遣いを楽にしていいとは言ったが、こうも物理的に距離を詰められるとは思わなかった。

「ごめんなさい。誰《だれ》かに聞かれないように、ここで小声で話させてもらうわ」

頭上に落とされたのは硬い声音だった。冷静になろうと努める気持ちと、緊迫感が混ざったような響きを捉え、アレンの顔も神妙なものになる。無言のまま、彼は続きを促した。

「さっき、談話室で探知の魔法を使ったの」

「そうか、結果は？」

「魔法は成功して、魔法陣——あなたに呪いがかけられた時に残った痕跡を見つけることができたわ。……でも、それとは別の痕跡も見つかったの」

「別の痕跡だと？」

思わぬ報告に、咄嗟《とっさ》に顔を上げかけたが、すんでのところで押しとどめた。

ペン先をインクにつけ、あくまで仕事を続けているさまを装いながら、アレンは問うた。

「その痕跡から、どんな魔法が使われたのかはわかるか？」

「精査してみないと断定はできないけど、大まかな分類で言えば、見つかった痕跡は魔法のなかでも『月』系統に属するものだったわ。ひとの精神に作用する類《たぐい》の魔法で、記憶の忘却や幻覚、幻聴が代表例ね」

「ひとの精神に作用するということは、その魔法によって被害を受けた者がいる、ということか」

「考えたくないけど、起きた結果から推測するとそうなるわ」

「……そうか」

手元が僅《わず》かに震えて、署名の筆跡をやや荒っぽくさせた。

書類への書き込みが終わったところでアレンはペンを置き、息を整えて言った。

「よくわかった。すまないが、王宮のほかの場所にも魔法の痕跡が残されていないか、調べてくれないか」

「ええ、当然。言われなくてもそのつもりよ」

言うや否や、イヴェットは踵《きびす》を返した。彼女が扉に手をかけるのと、扉を叩く音がしたのはほぼ同時だった。

「アレン様、オリバーです。来季の北部への遠征計画のことで……って、わ！　危ないですね」

ノックの主は腹心のオリバーだった。突然、目の前の扉が開いて危うくイヴェットとぶつかりそうになった彼は小言を漏らす。

しかし、その小言も落ち着きのない魔法使いの耳にどこまで届いていたかはわからない。イヴェットの小柄な身体は、既に駆け出してしまっていたからだ。

「ちょっと、前も見ないでどこに行くんですか！」

「ごめんなさい！　急いで調べたいことができたの！」

「……は、走るならちゃんと前を見てから走ってくださいね！」

オリバーは面食らいながらも、小さくなっていく背中にせめての常識を説く。廊下をぱたぱたとした足音で満たした当の本人は、「わかっている」と応えるかのように、前を向いて右手を挙げていた。

「……アレン様、あの魔法使いは一体どうしたんですか」

猪突《ちょとつ》猛進な魔法使いを見送って、オリバーは困惑気味に訊《き》いた。差し出された騎士団の遠征計画の書類を受け取りながら、アレンは答えた。

「談話室から、俺《おれ》にかけられた呪い以外の魔法の痕跡が見つかったらしい」

「ええっ、そんなまさか」

「ほかに魔法をかけられた痕跡が残っていないか、残りの空き部屋も調べてほしいと頼んだら、あの通りだ。『言われなくてもそのつもりだ』と言って、出ていった」

「あの魔法使いがやる気になるなんて……」

オリバーは目を瞠《みは》らせた。視線は再び、イヴェットが去っていった方角へと向けられている。

「この数日で一体何があったんですかね」

「本来の気質が顔を出したんじゃないか」

「それはどうなんでしょう。だって彼女は魔法使いですよ」

アレンの発言に、オリバーは瞠らせた目を一瞬で眇《すが》めた。彼が魔法使いに対して警戒の姿勢を崩さないのは、主人たる自分を呪いという脅威から守れなかったことを悔いているせいだ。

そんな彼に、アレンは何から話そうかと受け取った書類に目を通しながら思案した。

「そういえば、まだオリバーには話していなかったな」

「何ですか？」

「イヴェットに知られてしまったんだ。母の容態ともう一つの呪いについて」

「えっ……」

色を失った声が室内に響いた。声の持ち主は、直立不動のまま口をぱくりと開けている。

オリバーからの追及がないのをいいことに、アレンは一昨日の夜に起こった出来事を再生した。フェリクスが失踪したことも、イヴェットが「魔力切れ」を起こして倒れたことも、二つ目の呪いが彼女に知られたこともすべて、包み隠さずに。

話し終える頃《ころ》には、オリバーの顔から険しさがとれ、考え込む表情に変わっていた。

「心配か？　イヴェットから他者に情報が漏れることはないと思うが――」

「いえ、そういうことでは」

イヴェットは王宮に潜入している魔法使いで、その意味ではアレンたちとは運命共同体の関係だと言える。そんな彼女が、機密事項とも言えるアレンの母親の容態を明かすことはしないだろう。そう考え、念のため彼女の味方をしておくと、オリバーは頭を振った。

「……認識を改める必要があるかもしれないと、そんなことを考えていました」

「……そうか」

アレンの口角が自然と上がる。

気づけば残すは署名だけとなっていた書類の右隅に、彼は自身の名を書き入れていく。紙の上をペンが走る音が執務室を満たした。

署名入りの書類ができあがると、アレンはそれをオリバーに手渡した。

「オリバーには、心配や迷惑をかけてばかりでいるな。すまない」

「そんな、迷惑だなんて思ってないですよ」

少し狼狽《ろうばい》しながら騎士は言う。会話を軽快にするためにか「確かに、心配はしていますが」と彼は付け加えた。

アレンから見たオリバーは、己の信じるものにひたむきになれる性格の持ち主だ。自惚《うぬぼ》れでなければ、自分は彼からの信頼を得ているだろうし、彼も自分に忠義を尽くしてくれている。

無論、アレンにとってもオリバーは大切な部下であるとともに友人でもある。

そしてそんな彼だからこそ、イヴェットのことも、一度信頼に足りうる人物だと認識すれば、頑《かたく》なな態度は取らなくなるだろう。そして、そうなる日はさほど遠くないうちに訪れるのではないかとアレンは予感する。

「ありがとう、オリバー。君とイヴェットの尽力を無駄にはしない。一日でも早く解呪に至れるよう俺も努力する。……そのためにも、君に頼みたい仕事が出てきた。王宮に危機が迫っていないか調べるためにも、君の力を借りたい。頼まれてくれるか？」

イヴェットの報告を受けてから思案していたことを口に出すと、忠義に厚い騎士は引き締まった表情に変わり、「はい、勿論《もちろん》です！」と答えた。

　この日、イヴェットが探索した部屋数は二十にも上った。当初は西棟だけに絞って調べていたが、出てくる魔法の痕跡の多さに、探索範囲も王宮全体へと広げることにした。結果、全体の三分の二ほどの部屋で、魔法の痕跡が認められた。

「つ、疲れた……。ちょっと休まないと」

　さすがに魔力切れ寸前となったイヴェットは、最後に探索した東棟の書庫に居座り、体調の回復を待つことにした。とはいえ、実に二十数回ほど探知の魔法を放っても倒れることはなかったのだから、上出来ではないだろうか。これまで魔法に成功することが少なく、がむしゃらに魔力を込めて魔法を放ってきた経験が思わぬ力になったのかもしれない。

「書庫の奥に、確か特別閲覧室っていうのがあったはずよね。あそこのほうが、人も入ってこないかしら」

　一応、書庫内は今は無人であるが、文官たちが調べ物のためにやって来ることも考えられた。用心しておくに越したことはない。イヴェットは過去にここへ来た時の記憶を掘り起こして、部屋の奥へと進んでいった。

　予想通り、書庫の奥には壁と同色の扉があって、イヴェットはそっと開けて入った。閲覧室の中に入るのはこれが初めてだ。書庫の内装と同じく、壁は白色をしていた。猫脚の寝椅子と背の低い机が置かれているのは書庫とは違うところだ。書物を読み漁《あさ》るためというよりは、書物を並べて会談するのに向いている設《しつら》えだと思えた。

まあ、身体を休ませたい今は寝椅子のほうがちょうどいい。ふらり、と寝椅子一直線に伸ばしかけた足を、イヴェットはすんでのところで止めた。

そういえば、この部屋には探知の魔法をかけていない。

「んん……」

疲労と生来の真面目《まじめ》な性格が闘争して、僅かに後者のほうに軍配が上がった。ここまで来れば、もう一回魔法を放つくらい問題のない気がしたのだ。

杖を取り出して、集中するために目を瞑《つぶ》った。魔力切れが近づいた身体は執拗《しつよう》に頭痛を訴えてくるが、魔力を呼び出しているうちに不思議と痛みの感覚が鈍くなっていく。泉のように湧き出た魔力でその場を支配すると、イヴェットは探知の魔法を放った。

空気が揺れて青と赤の光がゆっくりと浮かび上がってきた。光源の発生地点を確認すると、光は書庫へと通じる扉から生まれていた。青と赤の光は室内の中央に集まると、お互いに溶け合って、紫色に変化した。そのまま人の瞳にも似た図形を描き、儚《はかな》く散っていく。

やはりこの部屋にも、魔法の痕跡が残されていた。イヴェットは表情を引き締める。

光が発した色と、それが描いた図形が優美な曲線を多用していたことから、この部屋に残されていた魔法の痕跡は、月系統の魔法によるものだとわかった。

「教本に載るくらい、美しい魔法陣だった。……術者は相当の腕前ね」

悔しそうに呟き、イヴェットは今度こそ寝椅子に腰を下ろした。

鞄《かばん》から一枚の紙と筆記具を取り出して、背の低い机に広げた。鈍い頭痛が再び始まってはいたが、今しがたわかったことも含めて、今日《きょう》の探索結果をおさらいすることにした。

ナイフで削った鉛筆で、イヴェットは王宮のざっくりとした図面を描いていく。描き終わると、探知の魔法で得られた結果を手短に記していった。

まず、談話室で「眠り」と「眠りネズミに変化する」呪いが見つかった。そして、その二つとは別に、月の魔法の痕跡が見つかっている。

「あとは……侍女たちの控室で月と群れの魔法の痕跡……。焼却場には大地の魔法の痕跡があって、東棟の討議室で月の魔法の痕跡が見つかって……」

探知した部屋が多い分、紙に記入するだけでも時間がかかる。

すべてを書き終えたイヴェットは、官給品として支給された手帳を取り出した。そこには、各部屋で見つけた魔法陣の図形が描きつけられている。時間の経過で消え去る前に、イヴェットが急いで、しかしできるだけ精緻《せいち》に描いた魔法陣たちだ。

見たものを紙に写し取る念写の魔法を習っていたらよかった。押し寄せる後悔はあるが、今はそれに時間をとられている場合ではない。イヴェットは一つ一つを丹念に見て、かけられていた魔法の分析にかかることにする。

薄々勘づいていたことだが、人の精神に干渉する月の魔法が多用されていた。全体の半分以上が、この系統の魔法で占められている。悪事に用いられる月の魔法といえば、幻覚、忘却、目くらまし、読心が知られているが、いずれかの魔法がかけられていたと考えられそうだ。

イヴェットは眉間《みけん》に刻まれていた皺《しわ》をほぐした。

「……教本に載っている魔法陣と照合しよう。そうしたら魔法名を割り出せるはず」

生憎《あいにく》、魔法に関する資料は西棟四階にある自室に残してきていた。探知した魔法陣を照合するためには、一度西棟へ戻る必要がある。

気づけば、窓の向こうに見える山の端に夕日がかかろうとしていた。茜色《あかね》の空が、濃藍《こいあい》へと染め替えられようとしている。アレンが眠りネズミのエースに変化する時間まで、あと僅かだ。

イヴェットは、西棟へ戻るべく書庫へと繋《つな》がる扉を開いた。

ゆっくり開くという配慮を忘れたため、扉の向こうに人がいるという危険を予測できなかった。

そのため、軽い衝撃を感じた時には、イヴェットは扉を開き切ってしまっていた。

「おお、一体何だね」

「ご、ごめんなさい」

幸い、扉の向こうにいた人物――リンジーは、お尻《しり》を僅かに掠《かす》めただけで済んだようだった。

背中を打ちつける悲劇を免れることができた彼女は、艶《つや》やかな髪を揺らして驚愕《きょうがく》の表情でこちらを見ていた。

「まさか人がいるとは思わなくて……。すみません」

「いや、私も扉を開ける時にいちいち考えてはいないからな。気にするな」

さっぱりとした性格の彼女らしい言い方で、イヴェットの緊張もほぐされた。

すぐにその場を辞去しようと思ったのだが、何やら気になることがあるのか、リンジーはついと指を持ち上げた。

「それよりもだな……」

「は、はい。何でしょう」

思わず居住まいを正した。まさか、今の一瞬で魔法使いだと勘づかれたわけはあるまい。もしそうだとしたら、リンジーには動物的直感が宿っているに違いない。

実際、イヴェットが懸念したことと彼女が指摘した内容は異なっていた。

「今しがた君が出てきたその部屋なんだが……」

「この部屋ですか？　この部屋がどうかしました？」

「いや……うん。ううむ、何かあったというわけではないのだが……」

どこか歯切れの悪い物言いは、彼女にしては珍しかった。

リンジーは、扉の上にある、部屋の名前が書かれた表をまじまじと眺め、不思議そうに顎《あご》に手を当てた。

「『特別閲覧室』か……。そういえばそういう部屋もあったなあ」

「え？」

「普段は使わないから忘れていたが、扉から出てきた君を視て、不意に認識したというか……そんな部屋もあったと思い出したというか、忘れていたことに気がついたというか……。いや、忘れてくれ。自分でも変なことを言っている自覚はあるんだ」

リンジーは恥ずかしそうに頬を掻《か》いた。

「出張で疲れているのかもしれない。設営の指揮を執ったのだが、これがまた大変でな」

「あ……記念式典の会場設営のことですね」

「そうだ。おかげで身体と頭がくたくただ。まあ、三日後の式典までには準備も整うだろうが……。今日はもう官舎に戻って休むことにするとしよう。ではな、イヴェット」

「はい。出張、お疲れさまでした」

労《いたわ》りの言葉を口にすれば、リンジーは「ありがとう」と笑い、踵を返していった。

見送ったイヴェットは、くるりと後ろを振り返った。

目の前には、今しがたリンジーが話していた特別閲覧室へ繋がる扉がある。

（……確か、私も初めて書庫に来た時、この部屋を見落としていたんだった）

記憶を遡《さかのぼ》りつつ、改めて状況を整理する。

位置関係を鑑みると、ただでさえ背の高い書棚が並ぶ書庫の中で奥に設けられているわけだから、見落としても仕方がないだろう。しかし、リンジーのような長く働いている文官に忘れ去られていた、というのは通常では考えにくい。で、あるならば。

ごくり、と唾《つば》を飲み込んだ。

先ほどの探知の魔法で得られた結果から、特別閲覧室の扉には、月系統の魔法がかけられていたことがわかっている。リンジーの様子やイヴェット自身の経験から、扉にかけられていた魔法は、人々の意識から任意のものを削《そ》ぎ落とす——目くらましの魔法だったのではないかと、不吉な予感が渦巻いた。

意を決して、イヴェットは再び特別閲覧室へと戻った。

扉を手早く閉め、怪しいところはないかと室内を物色する。しかし、寝椅子や机、絨毯がある以外は何の変哲もない部屋である。机の引き出しを開けたり、絨毯をめくってみたりしてみるが、不審なものは見つからなかった。

(かけられていた魔法が目くらましだったと仮定した場合、重要な秘密をこの部屋に隠しているんじゃないかと踏んだけれど、当てが外れたかしら)

悔しそうに歯噛みする。しかし、寝椅子に視線を映した瞬間、きんと頭に響く感覚がした。

「うん……？」

魔法使いとしての直感が何かを訴えてきたのだろうか。

不思議に思いながら寝椅子に触れてみる。王宮の備品に相応《ふさわ》しい肌触りと、ベルベット調の生地が生み出す光沢感が光る逸品だ。一見何の変哲もないように思えたが、肘置きに触れた手が微《かす》かな違和感を訴えてきた。本当に僅かだが、継ぎ目を感じたのだ。

目を瞠らせ、イヴェットは指の間を広げて、肘置きを持ち上げた。

持ち上がるはずがない、という予想は早々に砕かれた。まるで蓋《ふた》のように持ち上げられた肘置きの下は空洞になっていて、そこに手帳が入れられていることに気づく。

「これって……!」

恐々と手帳を取り出してみる。真っ黒な革の手帳だった。

ページを開いてみると、魔法使いならば見覚えのある図形や文字列が確認できた。イヴェットは喉《のど》の奥で声を震わせた。

「間違いない、書かれているのは魔法陣の類だわ。こっちのページは魔法に使う薬草の必要量を割り出すための計算式……」

イヴェットの視線が左から右へ移り動く。

手帳に記されていたのは、魔法使いでなければ書けないような事柄ばかりだった。裏を返せば、王宮に潜んだ魔法使いがいる物的証拠でもある。

手帳の主はよほど研究熱心なのか、イヴェットも見たことがない、耳にしたことがない古代の魔法にも挑んでいた。また別のページでは、新たな魔法を創るための開発実験の結果が何ページにもわたって綴《つづ》られている。魔法に対する執着を感じさせる手帳だ。

畏怖《いふ》を覚えたイヴェットの細い指先が小さく揺れる。

イヴェットがこの部屋に来たのはこれで二回目だ。二回目の今日は、この部屋は無人だったけれど、一回目——即《すなわ》ち初めてこの部屋に来た時には、先客がいた。目くらましの魔法により、人々の意識から抜け落ちていたあの部屋で、その先客たちは何かを話し合っていたようだった。

震える声で、その人物たちの名前を呟いた。

「ベネディクト殿下と、レスターさん……」

「私がどうかしましたか？」

穏やかな男性の声が耳元で聞こえた。

瞬間、背筋に冷たいものが走る。本能的に距離を取りつつ、イヴェットはがばりと後ろを振り返った。

そこには、声と同じく凪《な》いだ表情をしたレスターがいて、微笑《ほほえ》みを浮かべていた。

距離を取ったとはいえ、彼との距離は三歩もなかった。ついさっき、扉から入ってきたのだろうか。捜査に熱中していたため、気配を捉えきれていなかった。

舌が縺《もつ》れそうになるのを必死にこらえて、イヴェットは口を開いた。右手に持った手帳を彼に見えるように掲げる。

「この手帳は、レスターさんのものですか」

「ええ、そうですよ」

レスターは普段の彼らしい柔和な笑みを浮かべたまま、表情を崩さない。

「私の魔法研究の成果を綴った大切な手帳です」

自身が魔法使いであることを肯定する言葉を述べながら、レスターは歩み寄ってくる。彼の履いた靴が、オーク材の床に硬質な音を立てた。

手帳を持ったまま思わず一歩後退《あとじさ》れば、レスターもその場で歩みを止めた。纏った装束から杖を取り出した彼は、手にしたそれを優雅に振った。

瞬間、杖の先から緑光が生まれ始める。空気を掻き混ぜて、大地の魔法に力を借りようとしているのだ。

恐怖から、反射的にイヴェットは目を閉じた。その刹那《せつな》、レスターの周りに満ちる魔力量が爆発的に増大したことを肌で感じる。

「あっ……」

突風が吹いて、持っていた手帳が風に巻き上げられた。空中で一回転した革の手帳は、レスターの手に悠々と収められる。

「人の物を盗《と》るのは犯罪ですよ。何よりも価値のある私の宝石、返してもらいます」

レスターは手帳を胸の前で大切に抱えた。暴かれたくない事実を暴かれたはずの彼は、動揺してもいいはずなのに、その様子は一切見られない。その落ち着き払った仕草が空恐ろしい。

イヴェットは恐怖に竦《すく》んだ心を叱咤《しった》して、声を絞り出した。

「……レスターさんは、魔法使いだったんですね」

「ええ、魔法使いですよ。あなたと同じく」

核心をついても、相手の余裕ぶった態度は変わらなかった。ばかりか、イヴェットの正体も言い当てられてしまう。狼狽するイヴェットを眇め見て、レスターは灰色の髪を掻き上げた。

「隠していたつもりはないのですよ。だって私、自分が魔法使いだとは言わなかったかもしれませんが、魔法使いじゃないとも言わなかったでしょう」

「隠していたことを問いつめたいわけじゃないんです。それは私も同じですから。……でも、あなたが魔法使いだと知れた今、レスターさんには明かしてほしいことがあります」

「おや、どんなことでしょう」

レスターは興味深そうに首を傾げた。紫の瞳が怪しげに光る。口角は柔和な弧を描いてはいたが、こちらの一挙一動を見透かそうとしてくる注意深さがあった。獲物を見定める獣のような野性を感じて、心が畏怖する。

それでも、何とか声を絞り出した。

「アレン――第二王子殿下について、答えていただきたいのです。アレン殿下には今、見つめ合った相手を眠らせる呪いと眠りネズミに変身する呪いがかけられています。……この呪いをかけたのは、あなたなのですか？」

答えは、すぐには返ってこなかった。

静寂と緊張がその場を支配した。肌にちりちりとした痛みを感じて、イヴェットははっとした顔つきになる。

扉を背にして立つレスターの、彼が手にした杖の先から再び緑光が生まれ始めていたからだ。眩《まぶ》しさに思わず目を細めた。凄《すさ》まじい魔力の胎動を感じ、恐怖感からか一歩奥へと後退る。

「な、何か言ったらどうなんですか」

強がりを口にすれば、沈黙を保っていたレスターが笑う気配がした。

「ご明察、と言っておきましょう」

言うなり、彼は杖を振りかざした。一瞬の魔力の膨張を感じた直後、魔法によって生み出された火球が迫ってくる。

「あっ……」

ぞわりと、背筋を冷たい汗が流れた。逃げろ、と頭は警鐘を鳴らすのに足はその場に縫いつけられたかのように動かない。ただただ、迫りくる火球を見つめることしかできなかった。

しかし、イヴェットを襲うかと思われた火球は、直前で乾いた音を立てて破裂した。魔法を構成する魔力が霧消したのだと肌で感じ取る。魔力の欠片《かけら》はさらさらとした粒子となって空気を漂い、やがて風によって飛ばされていった。

「え……」

イヴェットは呆けた顔でそれを見送った。

レスターの放った魔法が失敗したとは思えなかった。ぶつかる直前に彼が魔法を弱めるよう

な、そんな挙動も見られなかった。では何故《なぜ》、巨大な火球は呆気《あっけ》なく散ってしまったのだろう。

混乱していたイヴェットは、一拍遅れて届いた拍手の音を捉えて慌てて前を向いた。

瞬間、出会った視線にぞくりとする。にやりとした笑みを刻んだレスターが、愛《いと》おしそうにこちらを見ていたからだ。

「まさか本当に完成していたとは……。素晴らしい魔法です」

「……完成？　魔法？」

彼の言葉の意味がわからず、鸚鵡《おうむ》返しになった。今のイヴェットは何の魔法も繰り出してはいない。それなのに、一体どういうことだろうか。

レスターは、出来の悪い弟子に正解を教える師匠のように杖を大仰に振った。またすぐに火球が生まれる。迫ってくる恐怖を思い出し、イヴェットは身体を強張《こわば》らせた。

「この火球を消滅させた、あなたの魔法のことですよ。もっとも、この程度の魔法なら、一瞬で壊してほしいところですが……。まあ、あの魔法が成り立つにはもう五年はかかると思っていましたから、それを考慮すれば充分な出来と言えるでしょう。素晴らしい」

「……え」

「何せ『不死』の魔法の実現はいまだ叶《かな》わぬ悲願ですからね。『分解』の魔法だって相当な難題だったはずですから、むしろよくここまでこぎつけたものです。それを可能にしたのは、我が黒薔薇《ばら》団の同志たちの執念でしょう。ああ、それだけにこの魔法の成立が我らに伝わっていなかったことは惜しいものです」

「一体、何の話ですか」

震える声で糺《ただ》せばレスターは目を丸くした。

「知らないのですか。おそらく賢者たちの箝口令《かんこうれい》も力添えしたのでしょうが、次代の賢者ジェナは隠し事が上手ですね。もしくはあなたがかなりの鈍感なのか。……幼かったので覚えてはいないでしょうが、あなたと、あなたの両親は黒薔薇団にいたのですよ」

「黒薔薇団に、私と両親が……？」

「ええ。あなたは、団が開発する新魔法の実験体でした。優秀な魔法使いの両親のもとに生まれたあなたは魔法使いの素養も高く、条件にも合っていました」

顎を持ち上げ、首を傾げたレスターは「不思議だと思いませんでしたか」と問うてくる。

「魔法を使う時、己の魔力が霧散する感覚はありませんでしたか。魔道具も壊れていない、動作も教本通りにやった、それなのに何故か魔法は発動する直前で壊れていってしまう――。そういうことはなかったでしょうか」

覚えのあることを指摘され、思わず息を呑む。レスターが言ったことは、まるでイヴェットの魔法を見てきたかのように正確だった。

答えが返らないことを気にする風もなく、レスターは話を進める。彼が杖を床に打ちつけると、無音の空間に硬い音が響いて、火球が一回り大きくなった。

「それらはすべて、あなたの瞳に宿った『分解』の魔法によるものです。見つめるだけで魔力の結びつきを解き、壊してしまう。そんな魔法が、あなたのその赤い瞳には宿っているのですよ。まあ、黒薔薇団がそうさせたのですが」

無意識にイヴェットの手は自身の頬に伸びていた。それを認めたレスターは「思い当たる節があるようですね」と口元に刻んだ笑みを深くした。

彼の言を真実だと断定できる証拠はないが、真《ま》っ赤《か》な嘘《うそ》だとも言い切れなかった。アレンに諭され、フェリクスを探すための魔法を行使した時、イヴェットの瞳は閉じられていて、それまで何度も失敗した探知の魔法がその時ばかりは発動したのだから。

(でも、彼の話が真実だとしたら)

心臓が早鐘を打ち始める。嫌な汗が背筋を伝い、目の前が真っ暗になる感覚がしたと思ったら、気づけば膝から崩れ落ちていた。

思考がまとまらない。脳裏には、ぐるぐると目まぐるしい記憶の波が押し寄せていた。

思い出せる両親の姿はジェナがしてくれた僅かな昔話のなかにしかない。師は、イヴェットの両親は普通の――善良な魔法使いで、黒薔薇団との抗争に巻き込まれて命を落としたのだろう、と言っていた。

(――そう、言っていたのに)

俯《うつむ》き、両の拳《こぶし》を握り締めた。

レスターは黒薔薇団の魔法使いだ。言葉を巧みに操り、人の思考を掻き乱す手管《てくだ》を持つ彼を、頭から信じられるほどイヴェットも呑気《のんき》ではない。ただ、彼の告白が真実だと仮定した場合、これまでの現象に辻褄《つじつま》が合ってしまう。そしてそれは、ジェナが自分に嘘を吐《つ》いていたことを意味する。

胸の奥では芽生えた疑念が広がりつつあった。

焦った声がしたのは、その時だった。

「イヴェット！」

「……アレン？」

振り返れば、肩で息をしている彼がそこにいた。いつの間に、そしてどうやってここまで辿《たど》り着いたのだろう。普段は私室に籠《こも》っている彼が、他者に呪いをかける危険を冒して王宮内を歩き回るだろうか。驚きとともに疑問が頭を駆け巡った。

いつもなら冷静に、ほかの誰とも顔を合わせようとしない彼は、今ばかりはイヴェットを真っ直《す》ぐに見つめていた。互いの視線こそ出会わなかったが、案じていることが強く伝わってくる表情だった。

少女に怪我《けが》がないことを確認したのか、アレンは視線の方向をレスターへと切り替えた。腰に佩《は》いていた剣を引き抜き、正眼に構える。

相対するレスターはと言えば、悠然としてその視線を迎え撃った。果たして、見つめ合った彼が眠りに就くことはなかった。

その結果を受けて、レスターは笑みを一層深くした。

「やはり、私と殿下では見つめ合っても呪いは発動しないようですね」

その発言に、イヴェットは慄然《りつぜん》する。彼は、アレンの呪いの発動条件を知っている。先の言葉通り、やはりアレンに呪いをかけたのは目の前にいる彼なのだ。

アレンは眉《まゆ》を顰《ひそ》めた。

「その言い方だと、呪いが発動する条件に親密度が関係するという俺の仮説は、間違っていないようだな」

「はい、その通りです。鋭い考察ですね」

自身がかけた呪いの仕掛けを見破られたことが嬉《うれ》しいのか、レスターは目を細めた。

「厳密には、あなたが好意を抱いている者に発動する仕組みになっています。もっと言うと、その好意が深い相手ほど長く眠ります。使い方を間違えれば、永遠の眠りになってしまうかもしれませんね」

「何だと……」

「しかし、残念です。見つめ合っても呪いが発動しないということは、私は殿下には好かれていないということを意味するのですから。その日初めてお会いになられた猫でさえ、呪いは発動したというのに」

しおらしい演技をするレスターが持つ杖の先の、禍々《まがまが》しく燃える火球を見つめ、アレンは答えた。

「……君は今、彼女に危害を加えようとしている」

「ああ、なるほど」

レスターは興味深そうに瞳を瞬《まばた》かせた。それは、幼い子どもが見知らぬ現象に出会った時のような、無邪気な仕草だった。

「君が、俺に呪いをかけたというのは真実なんだな」

「いかにも、その通りです」

「何故だ」

「あなたの兄君に頼まれたからですよ」

「ベネディクトが俺を敵視しているのは知っている。だが、それなら彼は俺を殺せと命じたはずだ」

「ええ。まさしく、ベネディクト殿下が私に命じたことは、あなたを弑《しい》することでした」

斬《き》りつけられたわけでもないのに、アレンの表情が苦痛に歪む。きっと彼は、心のどこかでベネディクトのことを信じていたのだろう。

だが、それならばと新たな疑問が浮かぶ。ベネディクトにアレンを殺すよう命令されたのであれば、何故レスターは、暗殺を完遂できるような呪いをアレンにかけなかったのだろう。人の命を奪う呪いは禁術であるし、失敗すればその代償を取り立てられる。だが、黒薔薇団にいる彼が、その禁を破ることを躊躇《ちゅうちょ》するだろうか。あれほど巨大な火球を一瞬で生み出せるほどの実力を持っているなら、失敗する可能性も低いだろう。

「黒薔薇団の者なら、禁術破りも当然だと思っていませんか」

まさに思っていたことを言い当てられ、イヴェットの顔に動揺が滲《にじ》む。それを面白がるような目つきでレスターは眺めていた。

「いえね、それが当然の反応ですよ。実際、我が同志のなかにはルヴの悲劇で禁術破りを実行した者もいる。私がそれをしないのは、単に命が勿体《もったい》なかったからです」

「……勿体ない？」

「ええ。どうせ殺してしまう命なら、私がどう利用しようと自由でしょう。折角ですから私が開発中の魔法の実験台になってもらおうと思ったのですよ。ベネディクト殿下には、証拠も残さず人を殺《あや》める呪いは、開発しなければ存在しないと嘘を伝えました。すると彼は、私の望みを聞き入れ、あなたを葬り去る呪いや魔法を開発するための資金と場所、そして材料を提供してくれることになりました」

そうしてあなたに、眠りの呪いをかけたのです、とレスターは告白した。

人を人とも思っていないような言い方に、イヴェットは息を呑んだ。

より恐ろしいのは、レスターの声音に悪意が込められていないことだ。心の底から、彼は真実本気でそう思っている。倫理観の箍《たが》が外れた人間とは、こういう者のことを言うのだろうか。

眼前の男を眺め、イヴェットは身を震わせた。

意に介した様子のないレスターは、杖を軽く持ち上げる。その動きに呼応するように、杖の上でつくり続けられていた火球が小さく跳ね、イヴェットを目がけて放たれた。しかし、先ほどと同じく、当たる直前に魔力が瓦解し、霧消していく。

「ほう。若干ですが、先ほどよりも『分解』の速度が速まっていますね。回数を熟《こな》せば熟す分だけ、魔法の核を見つけ出す嗅覚が優れていくのでしょうか」

紫色の瞳が怪しく輝く。イヴェットを人ではなく、魔道具として見てくる目つきだった。

その目つきに怯《ひる》んだのも束の間、レスターは杖を大気にかざした。その動作と、即座に膨れ上がってきた魔力の感触から、大地の魔法に助力を乞うたのだとわかる。

瞬間、レスターを起点に風が巻き上がった。強風を受けて、イヴェットは反射的に目を瞑った。アレンもまた、その場に踏みとどまることしかできない。

「イヴェット」

風が空を切る音に混じって、レスターの歌うような声が耳に届く。

「君が師匠に欺《あざむ》かれて知った世界の、本当の姿を見てみるといい。見たうえで、黒薔薇団に来たいと思うなら、私たちはいつでも歓迎します」

「待って……！」

必死で口を動かすが、レスターが立ち止まった気配はなかった。

数瞬の後、ようやく風が止《や》んだが、先ほどまでいたはずのレスターの姿は既になく、部屋にはイヴェットとアレンのみが残されていた。


室内は、嵐《あらし》が通り過ぎた後の静けさと張りつめた空気が支配していた。

「……無事か」

力なく座り込んだイヴェットを気遣うようにアレンが駆け寄ってきた。彼だって、呪いの真相を明かされて辛《つら》いだろうに、こんな時でも他者を気遣う心を持っている。

その優しさと温かさが嬉しかったが、その声に応えられるほど余裕が伴っていなかった。

今はまだ、レスターの語ったことが、イヴェットの耳にこびりついて離れない。

「……ジェナは、私に嘘を吐いていたのかな」

ぽつりとした呟きが室内に落ちた。返ってくる言葉を待たずに、イヴェットは俯いたまま続けた。

「私の両親は『善良な魔法使いだった』って、ジェナは言ってた。……それを私も信じてた」

「……イヴェット」

「分解の瞳のことだって、聡《さと》いあの人が気づかないはずはない」

時に「次代の賢者」とも称される師匠のことだ。最上位の魔法使いだけに知らされるような機密情報を握っていてもおかしくないのに、彼女に育てられた十三年もの間、あらゆる魔法を分解する瞳の話なんて、イヴェットは聞いたことがない。

（……そうか。言えないんだ。私の両親が黒薔薇団の魔法使いだったから、――私が、悪い魔法使いの血を引いているから）

　横面を殴られたような衝撃が走った。自分の根っこがぷつんと切れたような、これまで信じていたものが呆気なく覆《くつがえ》された感覚。心臓の音が乱れて、床に手をつくことで何とかこらえた。

　俯いた視界に、床についた自身の小さな手が見えた。青白く透けた血管には、悪い魔法使いの血が流れているのだ。

　イヴェットは自嘲《じちょう》気に笑った。

　誰かのために奔走する師匠のようになりたかった。けれど、魔法を否定する分解の瞳を持ち、悪い魔法使いの血を引く人間。それがイヴェットの正体だった。

　胸がつまり、一瞬で涙が込み上げてきた。零したくないと思うのに、一度開いた感情の蓋は容易には閉まらなかった。

　眦《まなじり》から頬を伝い落ちた涙が床を濡《ぬ》らした。

「……いい魔法使いには、なれそうにないわ」

「そんなことはない」

「……え？」

アレンの静かな声が頭上に降ってきた。

イヴェットはほんの少し目線を上げた。

近づいた彼は、羽織っていた外套《がいとう》を脱いだ。寒さとは別の理由で震えているイヴェットに、そっと自身の外套をかけてくる。

昔話を語るような穏やかな声音で、彼は言った。

「王宮での君の奮闘ぶりを、この目で見てきたから知っている。イヴェットの魔法は、消えたフェリクスの行方を探すため、そして俺にかけられた呪いを解くため——常に誰かを助けるために使われてきた」

アレンは口の端を緩めた。

「君は誰かのために頑張れる人だ。だから、君はもう既に、俺にとって最高の魔法使いだ」

落ち着いた湖面を思わせる声の響きが、放たれた言葉に嘘偽りがないことを告げていた。

「アレン……」

名前を呼んだが、その先に言葉は紡げられなかった。溢《あふ》れた想《おも》いで満たされて、ろくな言葉が出てこなかったからだ。誰かが自分の頑張りを見ていてくれていることが、認めてくれていることが、心の底から嬉しくて。

揺れ動く感情を代弁するように、ぽろぽろと涙が溢れ出る。泣き顔を見られまいとイヴェットが再度俯くと、自分の言葉で余計に傷つけてしまったのかと、アレンは一瞬動揺したらしかった。

「す、すまない。大丈夫か。君を傷つける意図は……」

先ほどの芯から出た言葉とは違う、わたわたとした様子を滲ませた声音に、イヴェットは思わずくすりと笑ってしまった。

「違うの。今の涙は……その、あなたの言葉が嬉しかったからよ」

「そうか……。ならよかった」

わかりやすい安堵《あんど》の声が落ちた。

同時に、俯いているイヴェットの頭にぎこちなく触れてくる手があった。

（わ……）

突然触れてきた指先に、イヴェットは一瞬だけどきりとした。筋張った硬い手が不慣れな手つきで、けれど優しく頭を撫でる。

幼き日のイヴェットも、こうしてジェナに撫でてもらっていたことがある。師匠の手つきはもっと乱雑で手加減がなかったし、もう随分昔の話になってしまったが。

ああ、でも手のひらの暖かさと、胸にぽっと火が灯《とも》るような感覚は共通しているかもしれない。

戸惑いながらも撫でる手を受け入れていると、アレンの静かな声が落ちてきた。

「イヴェット」

「何？」

「レスターの話はまだ確証もない話だ。イヴェットのご両親が黒薔薇団の魔法使いだったということも、真実かどうかはわからない。……それに」

そこで彼は一度言葉を切った。

「俺はジェナ殿に会ったことはない。ないが、彼女が嘘を吐いていた理由があるとすれば、それは君を想うが故《ゆえ》だったのではないかと思う」

「……どうしてそう思うの？」

表情が曇りかけたイヴェットに、アレンは「君とフェリクスの関係を見ていればわかる」と穏やかな笑みを浮かべて応えた。

「ジェナ殿が君にしてくれたことを、君はフェリクスにしている。俺の目にはそう見える」

アレンの言にイヴェットの視線が僅かに揺れる。赤い瞳が、今そこにはいないサラマンダーを探すようにゆっくりと瞬いた。

「君は、フェリクスのことを大切に想っているだろう」

「うん……」

イヴェットは記憶を過去に飛ばした。瞼《まぶた》の裏に浮かぶのは、幼いサラマンダーの育て親になった日のことだ。群れからはぐれたところを保護された彼は、今でこそ明るい性格をしているが、当時は警戒心の塊のようなものだった。

初めて家に迎えた日は、なかなか心を開いてもらえず――それは、今思えば当然のことなのだけど――当時のイヴェットはこの先やっていけるのかと不安に思ったりもしたものだ。

だからこそ、手ずから食事を受け取ってもらえた時は、心の底から嬉しかったし、フェリクスと離れる時間ができた時には、今頃彼は何をしているだろうかと気になった。魔法生物に関する書物は貪《むさぼ》るように読んだ。フェリクスは、寒い日は体調を崩しやすくなるので、そういう時は何よりも優先して彼の世話にあたった。

――それと同じことを、ジェナはイヴェットに対してしてくれていたのだ。今ではそう思える。

「フェリクスは私にとって、とても大切で大好きな家族だわ」

短い手足を懸命に動かして進む姿、夜の月を掠める翼に、やんちゃな笑い声。とりわけ、抱き締めた時の熱を思い出せば、イヴェットのなかに込み上げてくるものがある。

「これまでもそうだったし、これから先もずっとそう。元気でいてくれたら、それでいいと思えるような、大事な存在よ」

彼のことを愛おしく思う感情が胸に溢れて、最後の言葉は声が震えた。

アレンは、安心させるように小さく頷《うなず》いた。

「きっとイヴェットの師匠だって同じだ。君が無事でいて、笑ってくれていたらそれで充分だと思える人だろう」

「うん……」

イヴェットにとって、フェリクスは願いだ。彼がいつまでも健やかであればいいと、心の底から祈っているし、この先もそう思い続けるだろう。

（ジェナも、同じ気持ち……）

心のなかで師匠を想うと、胸のあたりに温かさを覚えた。ちょうど、首から下げたペンダントがあるあたりだった。それは、ルーナを通じてジェナが持たせてくれた紅玉《ルビー》のお守りだ。先ほど覚えた温もりは、ジェナによる魔法が発動したのか、偶然なのかはわからない。わからないが、元気を貰《もら》えたのは確かだった。

イヴェットはぎゅっと拳を握った。

「やっぱりジェナは、私に『分解』の魔法が宿っていることを知っていたと思うの」

何せその実力は次代の賢者と称されるほどだ。知らなかったはずがない。知っていて、そのうえで彼女はイヴェットを引き取り、育てていたのだ。

レスターは賢者からの箝口令があったと示唆していた。イヴェットの瞳に宿された魔法は、秘匿情報として扱われていたのだろう。それも無理からぬ話かもしれない。魔法使いを無力にしてしまう魔法は、使い方によっては魔法使いに対抗する武器にもなる。

静かな呟きが部屋に落ちる。

「箝口令が出されていた以上、当事者の私であっても、ジェナは真実を話すことは難しかったんだと思う。勿論、真相はまだわからないけれど。……でも、どうしてジェナが私に真実を話してくれなかったのか……何を想ってそうしたのかは、わかる気がするから」

分解の魔法を悟らせず、十三年前の悲劇の真実からも、そうとわからせることなく遠ざけてくれていた。どれもきっと、イヴェットのためだ。

「家では大雑把《おおざっぱ》で、魔法屋の仕事となると面倒ごとに自ら首を突っ込んでいくような人だけど。ちゃんと優しい人だって知ってる。私はジェナのことを信じる」

目尻《めじり》に溜《た》まった涙を拭《ぬぐ》って、鼻をすすった。

顔を上げると、アレンが手巾《ハンカチ》を差し出してきた。視線を合わせないようそっぽを向く彼に、イヴェットは小さく笑ってそれを受け取る。本当に、彼の前ではみっともない姿を見せてばかりだ。

「……戻ろう。立てるか」

落ち着いた頃を見計らって、アレンが尋ねてきた。

差し出された手を見つめ、恐る恐るその手を掴《つか》む。優しい力で引っ張られ、イヴェットはゆっくりと立ち上がった。

第五章　見つめ合えば回る運命

部屋を出ようとしていたイヴェットの背中に、アレンの声がかかる。

「待ってくれ。外に出て、王宮の者に俺《おれ》の姿が見つかると面倒だ」

「確かに……。でも、外に出ないと戻れないわよ？」

二週間前に習ったばかりだった、目くらましの魔法を試してみようか。そこまで考えて、イヴェットははたと気づいた。

「そういえば、あなた、どうやってここまで来たの？」

眠りの呪《のろ》いの怖さを知っているはずのアレンである。先ほどの発言から推測しても、他者に出くわす心配のない方法をとったはずだ。しかし、イヴェットの頭では、目くらましの魔法をかけるぐらいしか対策が浮かばない。そしてそれは、魔法使いではない彼には不可能なことだ。

浮かんだ疑問に対して、アレンは行動で示すことで答えた。

くるりと向きを変え、特別閲覧室内に備え付けられた書架に向き合う。整然と並べられた書棚の端に収められた一冊の本に手をかけた。

書棚から抜き出すのかと思ったのだが、逆だった。アレンは肩に力を入れ、本を書棚ごと押していく。やがて、鈍い音がして書棚が動き始めた。

「……驚いた。書棚の一部が隠し扉になっていたってわけね」

「その通りだ」

レスターとの対峙《たいじ》に必死で気づかなかったが、まさかそういう仕掛けがあったとは。素直に驚きを口に出すと、アレンの口元が悪巧みをする子どものように、少しだけ緩められた。

隠し扉の向こうは天井の低い、細い通路が続いていた。問えば、この道を辿《たど》った先に西棟への出口があるらしかった。

杖《つえ》で光を集めようかと思案していると、アレンが床に置かれていた燭台《しょくだい》を持ち上げた。どうやら、ここに来るまでに使っていたものらしい。魔力切れの恐れもあったため、イヴェットは有難く厚意を受け取った。

やがて、燭台に橙《だいだい》色の明かりが灯《とも》ると、二つの影は自然に並んで動き出した。

二人分の靴音が響くなか、アレンは徐《おもむろ》に、これまでの経緯を切り出した。

「自室で執務をしていると、フェリクスが訪ねてきたんだ。悪い予感がする、君を連れ帰ってきてほしいと言われてな」

「フェリクスが……？」

「ああ。とても不安げな様子だった。そこで、俺がイヴェットを連れて帰ってくると約束して、探しに出かけたんだ。彼には自分の部屋に戻るように言っておいたから、今頃《いまごろ》は君の部屋で帰りを待っているだろう」

「そうだったの……」

魔法生物や野生動物の直感や感覚は非常に優れている。サラマンダーの彼が、レスターが引き起こした魔法によって、大気の怪しげな変化を察知していても不思議ではない。

「君のほうはどうだったんだ？」

「あ、そうだ。私のほうも報告があって……」

問われて、イヴェットも調査の結果、判明したことを報告する。既に王宮内で多数の魔法の痕跡《こんせき》が残されていること――そして、その魔法が不穏なものであることを告げると、アレンの顔も少し曇った。

「……やはり、俺のほかにも被害を受けた者がいそうだな」

「……ええ、そういうことになるわ」

首肯しながら、イヴェットも沈痛な面持ちになる。魔法使いの魔法は、誰《だれ》かを傷つけるために使うものではないから。それは、誰かを救うためにあるものだから。そう信じているからこそ、アレンの言に同意することは辛《つら》いものだった。

気づけば、隠し通路の終わりに来ていた。突き当たりの煉瓦《れんが》の壁には、どこにも継ぎ目が見当たらず、一体どこが出口なのかとイヴェットは首を傾《かし》げる。

立ち止まったアレンは、長身を生かして天井に手を伸ばす。つられて見上げたことで、イヴェットも「ああ」と内心で納得した。把手《とって》のようなわかりやすいものは見つけられなかったが、四角く切り取る細い線が確認できる。

アレンが天井をぐっと押すと、四角に切り取られた煉瓦が持ち上がった。上げられた扉の向こうから、澄んだ空気が入り込んでくる。どこか埃《ほこり》っぽく、湿った空気から解放されて、イヴェットは密《ひそ》かに深呼吸した。

先に上がったアレンに引っ張り上げてもらうかたちで、イヴェットも扉の向こうに出た。見慣れた西棟の景色に、どこか安心する。

「夕刻も近いから、俺は先に自室に戻る」

「あ、待って」

夕焼けの空を確認したアレンは踵《きびす》を返そうとする。去り行く背中に、イヴェットは慌てて声をかけた。

「どうした?」

「その、今日《きょう》はありがとう。助かったわ。本当に」

思い返せば、自分はまだ彼に礼を言えていなかったのだ。レスターの魔の手から救ってもらったこと、挫《くじ》けそうになった心を守ってもらったこと、それらに対して。

魔法使いとしても、一人の人間としても、今日のアレンはイヴェットの命の恩人だった。彼が駆けつけていなければ、こうして自分の足で立っていることはできなかったかもしれない。

「とんでもない。改まって礼を言われるほど、大したことはしていないさ。俺は」

イヴェットの真剣な声音を読み取ってか、アレンの肩が僅《わず》かに揺れた。背を向けて立っているから、相変わらず表情は見えない。けれど、声は軽く弾んでいたようにも聞こえたし、口元を緩めるような、小さな空気の変化が伝わってきた気がした。

気負わせないように、なんてことはないというような飄々《ひょうひょう》とした言い方で返された言葉は、どことなく師匠のジェナを思い出させた。

(剛胆なあの人とは、似ても似つかないはずなのにね)

きっと優しさの気質が似ているのだろう。ふっと気の抜けた笑いがイヴェットからも漏れた。

それを合図にしたように、アレンは彼の自室へと戻っていく。夕日が伸ばした彼の長い影を、イヴェットはしばらくの間見守っていた。

その後、自室へと戻ったイヴェットは、扉を開けるやいなや飛びついてきたフェリクスの餌《え》食《じき》となった。

「イヴェット!」

「わっ」

「よかった、ちゃんと帰ってきた!」

その存在を、質感を確かめるように、ぎゅっ、ぎゅっとサラマンダーの幼生がしがみついてくる。お腹《なか》のあたりに感じる温かさが愛《いと》おしくて、イヴェットの口の端も自然と持ち上がった。

「ただいま、フェリクス。心配をかけたみたいでごめんなさい」

不安が解けて、嬉《うれ》しさで震えている彼の頭を撫《な》でると、切れ長の目が気持ちよさそうに細められた。

「……今日はおひるくらいから、悪いよかんがずっとしていたから、しんぱいしてたんだ。だからアレンに、イヴェットを探してきてほしいってお願いしたんだ。……部屋から出ちゃいけないってわかっていたから、だんろのおくの通路を使って、アレンの部屋まで行ってね。……へりくつだって言われたら、そうなんだけど」

叱《しか》られることを予見してか、フェリクスはしゅんとした表情を浮かべ、細長い尻尾《しっぽ》は床を這《は》っていた。

「ぼくも、はじめはじっとして待ってたんだけど、しんぞうのあたりが探られてるような、いやな感じがだんだんと強くなっていって……。王宮をなわばりにしている烏《からす》たちも、『今日は王宮がどうもさわがしい』って気味悪がっていたから、イヴェットにきけんがせまっているんじゃないかってしんぱいだったんだ。……だからっ」

「フェリクス、顔を上げて。私は怒ってないんだから」

「……えっ」

「むしろ、お礼を言わないといけないくらいよ。あなたとアレンのおかげで、今日の私は助かったんだから」

これは比喩《ひゆ》ではない。フェリクスがアレンに直談判してくれたから、彼は直に日没を迎えるというのに、危険を冒してまで探しに来てくれて、絶望の淵にいた自分を引っ張り上げてくれたのだ。

「……ほんとう？　おこってない？」

「ええ。怒ってない。代わりにお礼を言わせて。私を助けてくれてありがとう」

制約があるなかで、フェリクスはイヴェットのためにできることをやってくれた。その働きによって、イヴェットは救われた。彼を叱るなんてとんでもない。

己の感謝の気持ちが真っ直《す》ぐ伝わるように、両手で彼を目線の高さまで持ち上げて、しっかりと両の目を見て、イヴェットは言った。

その言葉に嘘《うそ》偽りがないことがわかったのだろう。フェリクスの垂れ下がっていた尻尾に僅かに力が入り、ふわふわと左右に揺れた。

「お役に立てたなら、よかったよ。アレンも、ぼくとのやくそくを果たしてくれたんだね。ふふっ、こんど、お礼を言いに行かなきゃいけないな」

「アレンなら『大したことはしていない』って言いそうだけどね」

別れ際の彼を思い出して小さく笑えば、フェリクスは「そうなの？」と首を傾げた。

「あのね、アレンってすごいんだよ。ぼくの話を聞いてすぐに、探しに行ってくれたんだ。『絶対にイヴェットを無事に帰す』って、やくそくしてくれたとき、ぼく本当にうれしかったなあ」

「……そうなの？　そんなこと言ってたの？」

ぱちぱちと瞬《まばた》きをした。今度はイヴェットが驚く番だった。口数少なく無表情の彼が交わした「約束」の内容が、彼から直接聞いていたものより思いのほか熱いものだったからだ。

フェリクスは大きく頷《うなず》いて笑った。

「うそじゃないよ、ほんとうだよ！　王族だけが知ってるひみつの通路？　みたいなものをかたっぱしから使ってでも見つけるぞ、って言って、ぼくの頭もなでてくれたんだから！」

「……へえ」

イヴェットは思わず扉を振り返った。もう自室に戻ってしまった王子のことを想う。

（そんなに必死になって探してくれてたんだ……。私のこと）

レスターと対峙していた時に現れた、彼の様子を思い出す。あれほど焦りの滲《にじ》んだ声音は、出会って初めて聞いたのではないだろうか。日没が近づくことへの焦燥もあっただろうが、それだけが理由ではないのでは、と考えるのは自惚《うぬぼ》れではないと思いたい。あの時、イヴェットに危害を加えようとしたレスターに対して、彼は怒りを露《あら》わにしていたのだから。いつも冷静で湖面のような落ち着きを持った彼には珍しいことだった。

不意に胸の奥が熱くなった気がした。鼓動が少し速まった気がして、それを確かめるようにイヴェットはそっと胸に手を当てた。

「どうかした？」

「な、何でもないわ」

不思議そうな育て子に笑みを返した。

（そう、何でもない。何でもない。思ってもいなかったことがわかって動揺してるだけ。今はそんなことよりも、フェリクスに分解の瞳のことを話さないと）

目を閉じて、深く深呼吸をした。無心になって気持ちを落ち着かせる。

「……ねえ、フェリクス」

「なに？」

「私の瞳《ひとみ》にはね、見つめ合うことで魔法を分解する魔法が宿っているらしいの」

「へぇ……って、ええ!?」

いつもは横に長い目が、今ばかりは縦にも大きく見開かれた。ともに暮らしてきたフェリクスにとって、よほど衝撃の事実だったことは想像に難くない。

「そ、それって本当なの？　でも、ジェナもルーナも、ほかの魔法使いもそんなこと一言も言ったことないじゃ――」

そこで、フェリクスは口籠《くちご》もった。

白梟《しろふくろう》のルーナや、並みの魔法使いならともかく、ジェナがその事実に気づかないはずはないと悟ったのだろう。――そして、問題はそのジェナが、イヴェットやフェリクスにその事実を打ち明けていないことだということにも。

イヴェットは小さく頷いた。それで、聡《さと》いサラマンダーには伝わるものがあったらしい。しょぼんとしたフェリクスは、己の翼でふわりと浮かび上がった。そのまま彼は、イヴェットの肩に着地する。

「……でもぼくは、イヴェットと見つめ合いながらでも空を飛べるよ。それはどうして？」

「推測だけど、飛行能力はサラマンダーに備わった身体的な能力で、魔法で動いていないからだと思う」

「じゃあ、ほのおをはくのは？」

この質問にはイヴェットも首を捻《ひね》りつつ、思い当たる可能性を口にした。

「炎を生み出す力は魔法のものだろうけど、フェリクスって炎を出す時は基本的に対象物だけを見て放つようにしてるでしょう。だから、私と目を合わせる隙《すき》もないんだと思う」

「そう……そうかも。広いはんいをやきつくすといけないから、ほのおを出すときは必ずその先を見てなってジェナが教えてくれたんだ」

はっとした顔でフェリクスは言った。イヴェットも、師匠が彼にそう教えている場面を見たことはあったから、納得した顔で頷くことができた。

肩に乗った彼は、イヴェットの頬《ほお》に自身の頬を擦りつけた。昔からの甘える仕草だ。イヴェットも自然と首を彼のほうに傾けていた。

「……これから、イヴェットはどうするの？」

触れ合っている頬が、彼の声帯の僅かな振動を感知する。

視線だけを窓の向こうに飛ばせば、夕暮れは終わり、既に夜の帳《とばり》が下りていた。次第に濃くなる闇《やみ》の黒さを目の当たりにして思うのは、今独りでこの孤独に耐えているだろうアレンのことだった。

今頃彼は、広い私室で眠りネズミの姿になって長い長い夜を過ごしている。

その寂しさを想像すると、込み上げてくるものがあった。

ぐっと喉《のど》を震わせてイヴェットは言った。

「私は魔法使いだから。今までも、これからも。だから、今はアレンの呪いを解く。そのために頑張るわ」

魔法を否定する分解の瞳。人を助けるために放たれた魔法を壊してしまうこの瞳は、きっとほかの魔法使いからは快く思われない。それでも、イヴェットには、イヴェットを最高の魔法使いだと認めてくれた少年の言葉が胸に突き刺さっている。

「きっと、私が分解の瞳を持ったことにも、意味があると思うの。この瞳で、魔法で救える人がいるはず。私にしかできないことがあるはずだから」

不安はある。拭《ぬぐ》えないまま心に沈殿する不透明な澱《おり》に気づきながらも、芯を持った声で宣言すれば、フェリクスは泣き笑いの表情になって言った。

「うん、きっとそうだね。ぼく、イヴェットをおうえんするよ」

「……ありがとう。フェリクス」

神秘的な月明かりの下、イヴェットは笑みをつくった。反撃の狼煙《のろし》が上がったみたいに、月明かりを浴びた赤い瞳が揺らめいた。


翌日、イヴェットの姿は王子の私室にあった。

穏やかな日差しが行き届いた室内は澄み切った空気が流れ、背筋も自然と伸びる。

ここを訪れたのは、フェリクスの行方《ゆくえ》を追って飛び込んだ時の一度きりだ。改めて室内を見回すが、やはり広々とした室内だった。奥の壁は、一面を本棚で埋め尽くされ、その隣の壁には鉄の鉤《かぎ》で掛けられた長剣がある。部屋の中央に机とそれを挟むかたちで二つの長椅子《ながいす》、そして最奥にゆったりと幅をもたせた寝台を置いても圧迫感は生まれていない。

この広い部屋で、眠りネズミという頼りない姿になって、彼は何度も独りの夜を越えてきているということだ。

鞄《かばん》に入れて連れてきたフェリクスを出してやりながら、イヴェットは話を切り出した。

「……急にごめんなさい。昨日《きのう》のことを受けて、あなたたちと話がしたかったの」

正面に座ったアレンとオリバーの表情をそっと見る。二人とも神妙な顔をしていた。

「……先に言っておくと、昨日のことはアレン様から先ほどお聞きしました。簡潔に話してもらって結構ですよ」

「そう」

オリバーの申し出にイヴェットはこくんと頷いた。何から話せばいいかと迷っていたため、素直に助かった。アレンの根回しのよさに感謝しながら考えていたことを口にした。

「私の瞳には、分解の魔法が宿っているとレスターは言っていたわ。……私も、自分の魔法が成功した場面を思い返すと、それを嘘だとは思わない」

ひと呼吸を置いた。改めて口に出してみても、魔法使いには向かない魔法だ。それでも今は、この魔法を必要としている人がいる。

「……だから、分解の魔法を試してみるのはどうかしら」

凛《りん》としてはっきりと告げる。意図を理解したアレンが、普段は無感動な瞳を見開かせ、瞬きをした。

「私のこの瞳なら、アレンにかけられた呪いを解呪できるかもしれない。可能性があるなら、それを試してみたいわ」

「ですが、それでもし……」

制止しかけたオリバーが口を噤《つぐ》んだ。

場の雰囲気が変わったことを敏感に察知したのか、フェリクスはオリバーの膝に飛び乗った。

気遣うように、自身の尾をオリバーの腕に巻きつける。

沈黙していたアレンが口を開いた。

「ジェナ殿の到着を待っていては遅いのか」

「前に貰《もら》った手紙の状況から察するに、彼女が王宮に辿り着くまでにあと四、五日ほどはかかるわ。正体を私たちに明かして、アレンに呪いをかけた張本人だと白状したレスターが、悠長にしているとも思えない。今頃、口封じのために私たちを亡き者にしようと動いていても不思議ではないわ。もとより、ベネディクト殿下の命はあなたの暗殺だったのだし」

「……状況が逼迫《ひっぱく》しているのはわかる。だが、その提案には容易には頷けない」

「どうして？　私の実力が半人前だから？」

イヴェットは眉根《まゆね》を寄せた。これまでの魔法の失敗は、瞳に宿っていた分解の魔法のせいだと判明したが、自分が半人前の魔法使いであることは、悔しいことに変わりない。

頬を膨らませたイヴェットに反して、アレンは首を振って答えた。

「君の実力が、という問題ではない。……君の提示する解呪の方法は、君を危険に晒《さら》すことになるだろう。俺はそれが心配だ」

「危険と言うなら、この王宮にいる時点で既に危険だわ。それなら、ただジェナの到着を待って時間を浪費するよりも、多少の危険を冒してでも今できることをやりたいわ」

「それはそうだが……」

なおも引かない姿勢を見せてきたアレンに、イヴェットは内心で驚いた。こうも強情を張る彼は珍しい。どこか感情的な理由で反対している印象を受ける。そしてそれは、裏を返せば、それだけイヴェットのことを心配しているということだ。

雪を解かす春の澄んだ水のような温かさがイヴェットの心に染み込んでくる。それは、彼を呪いの魔の手から救いたいという気持ちを一層強くさせた。

「約束するから。絶対に眠りの呪いにかからないし、あなたの目を見て眠ったりしないって」

凛とした強い意志を纏《まと》った声で告げる。

視線を彼に移すが、俯《うつむ》かせて頑《かたく》なに目を合わそうとしない彼が視界に入るだけだった。本当は顔を見て、安心させてあげたかった。今はただ、そうはできない現実を噛《か》みしめることしかできない。だからせめて、この言葉が嘘となり、彼の重荷にならないことを願う。

「レスターの火球を掻《か》き消すことができたんだもの。きっと、眠りの呪いにかかることなく、あなたの呪いを解くことができるわ。……フェリクスが見つからなくて泣きそうだった私に、あなたが言ってくれた言葉を覚えてる？」

俯いた顔には前髪が垂れ下がっていて、アレンの表情は読み取れない。それでもイヴェットは、彼の唇が少し動いたような気がした。

あの時彼は、イヴェットに向かってこう言ったのだ。

『きっとうまくいく』

短くも、力強い言葉だった。その愚直さにイヴェットは救われた。まるで魔法をかけられたみたいに。

アレンは寡言の人だ。その癖、時折物事の核心を突いてくるような言葉を繰り出してくる。飾らない物言いが、抜き身の剣のように鋭いと思う時もある。だがそれはきっと彼が、彼にとって感じたことのすべてを真っ直ぐに、取り繕わずに伝えている証拠だ。

開け放たれた窓から風が届き、漂う雲の隙間《すきま》から陽《ひ》が差した。室内に届いた光はイヴェットの髪と目を明るく透かし、神秘的に演出する。俯かせていた面を上げ、けれど決して視線を合わせないようにしたアレンは、その光景に思わず息を呑《の》む。

「あの時あなたが信じてくれたように、もう一度私を信じてほしい。私も、私にできることを精一杯頑張るから」

溢《あふ》れ出るのは素直な願いだ。澄み切った眼差《まなざ》しには、聖句を唱える者のようなひた向きさが滲む。

「だから、お願い」

「……試してみて、何が起こるのかはわからない」

視線を動かせばすぐに出会えるような高さを保って、アレンは切り出した。

「すべてが未知の領域だ。分解の魔法は、俺にかけられた呪いには効かないかもしれない。よしんば効いたとして、術者である君にどれくらいの負担がかかるのかわからない」

ひどく重たい口ぶりだった。その理由がわかるから、イヴェットも彼の言葉を真正面から受け止める。呪いの解呪に失敗したとして、その時に一番傷つくのはアレンなのだ。

「うん、確かにそう。あなたの言う通りだと思う。でもやっぱり」

腰に手を当て、胸を張る。途端に世俗さが戻ってきて、聖者の印象が覆《くつがえ》される。

ただの少女に成り代わったイヴェットは不敵に笑う。

「そういうのひっくるめて全部、やってみないとわからないでしょ」

アレンの肩がぴくりと動く。

虚を突かれた相手の様子に、イヴェットは思わず笑みを深めた。見様によっては悪だくみをするような顔つきだ。それでも、さっきの聖人然とした姿よりも、目の前の姿のほうが生き生きとしていて彼女によく似合うと、アレンは一人密かに息を吐いた。

「……わかった、頼む」

短く告げられた信頼の言葉。それを聞いたイヴェットの顔にぱっと花咲くような笑みが浮かぶ。

ふいと横を向いたアレンは、笑みで彩られた少女を想像して瞳を閉じる。彼女の笑顔を真正面から受け止められないことが少し残念で、そして、そんなことを考えた自分自身に少し驚く。生まれて初めての感情が渦巻いて、彼のかたちのよい唇は、複雑な感情の煽《あお》りを受けて僅かに弧を描いていた。

部屋の扉に内鍵《うちかぎ》をかけ、イヴェットとアレンは長椅子に並んで座った。立ったまま試すのでは、万が一イヴェットが眠りの呪いにかかった時に、転倒して怪我《けが》をする恐れがあるからだ。

「じゃあ、まずは眠りの呪いの解呪を試してみるわね」

「ああ……」

おずおずとアレンは首肯した。

アレンにかけられた呪いは二つあるが、分解の魔法がその二つを同時に解呪できるのかは疑問があった。そのため、他者を害する分厄介である眠りの呪いの解呪を先に試すことにする。

「それじゃあ、俺は離れたところで見ていますね。フェリクス、あんたも一緒に」

サラマンダーを抱きかかえた騎士は、部屋の扉近くに立ち、待機の姿勢をとった。彼の腕に収まったフェリクスも、心配そうな表情をしていたが大人《おとな》しくなされるがままでいた。

イヴェットはアレンに向き合った。身を捩《よじ》ればすぐ相手の肩と触れ合う距離だ。が、生憎《あいにく》と視線が出会わない。アレンの身体《からだ》はこちらに向いていたが、彼が俯いているからだ。

意外と往生際が悪いな、とイヴェットは内心で苦笑して——青い瞳が不安げに揺れていることに気づき、その考えを打ち消した。

逡巡《しゅんじゅん》の末、無造作に置かれていた彼の手のひらに触れた。不意打ちだったのか、アレンは肩を小さく揺らした。

　離れて立つオリバーたちに聞こえぬよう、イヴェットは声を落とした。

「もしかして、怖い？」

「いや……」

　否定の返事はすぐにきた。だが、それを素直に受け入れることはイヴェットにはできかねた。握り締めた手が冷たかったからだ。

　きっと今、不安や緊張、恐怖が彼を襲っている。それも無理からぬことだと思う。

（怖い思いをさせて、ごめん）

　内心で呟《つぶや》いた。

　アレンは、魔法使いの魔法をお伽話《とぎばなし》のなかでしか触れてこなかった。それが突然彼の人生に「呪い」というかたちで現れたのだ。北の諸侯や彼の母親が倒れた瞬間、それが自分にかけられた呪いによるものだと知った瞬間、彼はどういう気持ちでいたのだろう。

　イヴェットは黙ったまま自身の両手で、彼の右手を包み込んだ。年齢はそう変わらないのに、重なった手の大きさは二人の体格の違いを如実に表していた。

「イヴェット……？」

　困惑した声が頭上に落とされた。じわりと自身の体温がアレンに移っていくのを感じ取りながら、イヴェットは囁《ささや》いた。

「怖くていいんだよ」

怖がりを隠して強がってしまうより、打ち明けてくれたほうがいい。そう思いを込めて、自身の熱が伝わるように握った手に力を込めた。弱った自分を打ち明けることは、みっともないところを見せるようで恥ずかしさもあるだろう。イヴェット自身、他人の視線を気にするほうだから、その気持ちはよくわかる。

だけど、転んでしまった時に差し伸べてくれる優しい手があるのだと、この王宮へ来てから気づかされたのだ。それを教えてくれたのは、目の前の彼だ。

アレンは僅かに身動《みじろ》ぎした。彼は、少しの躊躇《ためら》いを見せた後、繋《つな》がれた手をおずおずと握り返してきた。

仄《ほの》かな温かさが伝わってきて、イヴェットは無自覚のまま息を吐いた。

触れ合ってみて、初めてわかることもあった。アレンの手のひらは、指の付け根に近いところほど厚く盛り上がって硬く、武器を長年扱っている者特有の密度がある。反対に、手首に近いところは水分があって柔らかい。大樹のような強さと水のようなしなやかさを持った手だ。

イヴェットはゆっくりと面を上げた。相手も、交わす視線を探していたようで二色の瞳が宙で出会った。

青い瞳が僅かに見開かれ、癖になっているのかすぐに逃げようとする。引き留めようとしたイヴェットが無意識に彼の右手を握り締めると、咎《とが》められた彼は観念したように揺らしかけた視線を戻す。

瞬間、きん、と耳鳴りに近い音が一瞬だけした。

イヴェットは思わず顔を顰《しか》めた。アレンの呪いに触れた証拠だ。目の前の彼の表情が案ずるものに変わって、安心させるようにイヴェットは目を細める。

魔力の淵に触れたのか、赤い瞳は輝きを増した。やがて、青の双眸《そうぼう》の奥にちかちかと浮かび上がる魔法陣があることに気づく。

魔法陣を構成する色は、橙色、青、緑――。いつかの時に、談話室で見つけた魔法陣と同じ色構成をしている。陣形も記憶にある魔法陣と大きな相違はない。

イヴェットはごくりと唾《つば》を飲み込んだ。知らずのうちに、緊張と重圧を感じ取っていたらしい。思えば、イヴェットとて意識して分解の瞳を行使するのはこれが初めてなのだ。無意識に破壊してきた、探知の魔法やレスターの火球とは違う。

(落ち着いて。慎重に。人体にかかっている呪いを分解するんだもの。失敗は許されない)

心臓が早鐘を打ち始める。集中が途切れないよう、心を落ち着かせるよう、深く息を吸う。

魔法陣を見つめ続けると、陣形が糸のように端から綻《ほころ》び始めた。

赤い瞳が一層力強く輝く。誰に教えられたわけでもないのに、その綻びを広げることが解呪に至るのだと、イヴェットの瞳が理解しているようだった。

事実、輝きに呼応するように、魔法陣の綻びが大きくなっていった。

(——やった。もう少し)

手ごたえを感じ、思わず前のめりになったイヴェットだったが、片手を挙げたアレンが視界に入り、瞬きをしてしまう。

「……いったん止《や》めよう」

「え?」

逃げないよう握られていたほうの片手も挙げ、アレンは諸手《もろて》を挙げるかたちになった。降参の姿勢をとった彼の両目も閉じられてしまい、イヴェットは間の抜けた声を漏らす。

瞬間、魔力の負担が減ったことで張りつめていた力が抜けた。突然の変化に身体のほうがついていかず、少女の身体はアレンに倒れ込む。咄嗟《とっさ》にアレンが抱え込んだことで、彼の腹に鼻を打ちつける事態は回避できたのが幸いだった。

「すまない、大丈夫か」

「それはこっちの台詞《せりふ》よ。途中で止めてどうしたの? もしかして体調が悪くなったとか?」

通常よりも近い距離にいるにもかかわらず、イヴェットはアレンの瞳を見据えたままだった。一方の彼はというと、イヴェットの肩を掴《つか》んだまま「いや……」と言葉を濁す。その瞳は開かれてはいたが、視線は既に床を向いていた。

アレン自身、見つめ合っても呪いは発動しなかったことは嬉しく思っていた。だが、安堵《あんど》すると途端に、置かれた状況が鮮明になってきた。目に映る情報を知覚すればするほど、湖面のように平坦な心にも緊張が走り、今や二人は吐息のかかる距離、睫毛《まつげ》の長さがわかる距離にいるのだと、そう意識したらもうだめだったのだ。

　そんな彼の心中がイヴェットにわかることもなく、むしろ解呪を試みると被術者の身体に異変が起こる仕掛けでもかかっていたのだろうか、と新たな心配事が浮かんだ彼女は、よそを向こうとする彼の顔を覗《のぞ》き込んでしまう。その視線から逃れようとするアレンの頬には、心なしか赤みが差していた。

「火照った顔してる。熱があるんじゃないかしら」

　その発言が更なる追い打ちになったとは、当のイヴェットは気づかない。確かめようと、伸ばしてきた彼女の小さく頼りない手をアレンは複雑な心境で掴んだ。

「俺は平気だ。俺よりもむしろ、イヴェットのほうはどうなんだ。何ともないか？」

「うん、平気よ。ちょっと目の奥が痛いくらいで」

　正直に報告すれば、アレンの瞳に翳《かざ》りが見えて、イヴェットは慌てて取り繕った。

「少しだけ、本当に少しだけだから」

　そう訴えると、アレンは渋々といった様子で引き下がった。

「……ならいいんだが」

「ええと、アレン様」

　離れて見守っていたオリバーが呼びかけてくる。振り返らずとも、彼が今どんなことを考えているのか声音からわかった気がして、アレンは長年の付き合いが憎たらしく思えた。

いつもなら忠義に溢れた騎士は、少し居心地悪そうにして言った。

「二人とも大丈夫そうなので、俺は少し外しておきますね。この部屋にいたら邪魔――いえ、フェリクスも退屈してそうですし」

「え？　ぼく？」

大人しく彼に抱かれたままだったフェリクスが、ぽわんとした声を出した。しかし、騎士の言葉を肯定はしなかったが否定もしなかったので、暇だなあと考えていたのは事実なのだろう。

「庭園を一緒に散歩してきます。アレン様の私室付近の庭ですから人気も少ないですし、咄嗟の時に身を隠すことは得意ですから、フェリクスが見つかるようなことはしません。イヴェットも、それでいいですかね？」

「そうね。そうしてくれたら助かるけど……」

「承りました。では、またのちほど」

了承の返事がくるや否や、騎士はそそくさと部屋を出ていこうとする。廊下へと続く扉を開ける直前、火蜥蜴《とかげ》を肩に乗せた彼は思い出したように振り返る。

「頑張ってくださいね、殿下」

声かけに、アレンは憮然《ぶぜん》として答えなかった。

扉が閉められると、広い私室には二人だけが残された。

フェリクスとオリバーを見送ったイヴェットは首を傾げる。

「頑張らないといけないのは、私のほうだと思うんだけど」

アレンは、その呟きに即座に反応することはできなかった。オリバーの思考が手に取るようにわかったからだ。なぜ「アレンが」頑張らないといけないと従者は思ったのか――どう説明したものかと悩んだ末に、ぼそりと嘯《うそぶ》いた。

「あえて俺に活を入れることで、イヴェットだけが気負う必要はないと、そう言いたかったのかもしれないな。うん」

「そっか、なるほど。いい人ね。フェリクスも懐いたみたいで安心したわ」

「そうだな」

オリバーがいい人間だと理解してもらえたのは嬉しい。だが、いい従者ならここで主人を放置して出ていくことはしないような気もして、八つ当たりだが呟く声は低くなる。

「じゃあ、そろそろ再開しましょうか」

「……ああ」

続きを宣告され、アレンはゆっくりと向き直った。平静を装いつつも、彼の心臓の鼓動はいつにないほどの緊張を伝えていた。

生まれてこの方、蜥蜴を肩に乗せて歩くことは初めてだ。それが魔法生物のサラマンダーだというなら尚更。

重さだけなら小さめの猫とあまり変わらないのだな、と庭園を歩きながらオリバーは思った。体毛がない分、獣臭さもない。ただし、少し土臭い。

春の日差しに似通った、仄かな温かさを肩に感じながら花や樹々が植えられた庭を適当に放浪していると、フェリクスが声を上げた。

「あ！　マグノリアだ」

彼の視線の先にあるのは、オリバーは知らぬ名前の樹だった。澄み透った春の青空に向かって伸びる枝先に、小さく咲いた白色の花々が映えていた。

「詳しいんですか？」

「うちの畑に植わっているんだ。イヴェットがよくお世話してるから、いっしょにいるぼくも自然とおぼえちゃって。……あ！　あっちの花だんはアリッサムが育てられてるんだね。クロッカスやチューリップも」

「詳しいのは本当みたいですね」

「あれ、もしかして花の名前とかは知らないの？」

「チューリップはわかりましたよ」

ぶすっとしながら返せば、面白かったのかサラマンダーは無邪気に笑った。毒気を抜かれたオリバーも、つられて少し笑う。

　王子の私室に近いこともあり、狙《ねら》い通り、庭園に人影はなかった。この様子なら、フェリクスが他者に見つかる心配もないだろう。

　据えつけられた長椅子に腰かけた。ひとまずフェリクスを肩から下ろして、自分は剣の鍛錬でもしようかと算段していると、ふと、下から熱い視線を送られていることに気づく。

「どうしましたか？」

「あ、ううん。ちょっとぎもんがあって……」

「疑問？」

　オリバーは瞳を瞬かせた。フェリクスは「うん」と首肯してその続きを引き取った。

「どうしてあの場をはなれたのかなって。たしかに、ぼくはちょっとひまだったけどさ、オリバーの仕事はアレンを守る『きし』なんでしょう？　それなら、そばにいたほうがいいんじゃないかなって思ったんだけど」

「それは、ええとですね……」

　思わず言葉を濁した。思案顔になって、何と返せばよいか考える。

「勿論《もちろん》、お傍《そば》でお守りすることが第一の職務であることは変わりませんけど。……まあ、そればかりではないというか。あの場は離れたほうが、俺たちを気にする必要もなくなって解呪が進むと踏んだんですよ。気遣いってやつです」

「ふうん……？」

フェリクスはこてんと首を傾げる。共感を得られていない気まずさをオリバーは咳払《せきばら》いで誤魔化した。

「空気を読む力とも言います。そういうものが必要な時もあるんです。人間にはね」

先輩風を吹かせて解説したのだが、相方の対応は先ほどと変わりなかった。

「ぴんときていない顔ですね」

「うーん……」

「人間の常識はサラマンダーには通用しませんか。まあ、あんたの育て親は魔法使いですから余計に——……いや、魔法使いも人間でしたね」

自嘲《じちょう》気味に笑うと、己の翼で浮かび上がったフェリクスが黙って頬を擦《こす》りつけてきた。冷やりとしながらも頬の部分は意外に柔らかく、何よりも、人に寄り添おうとする気遣いが温かいと思う。

「そこんとこはイヴェット譲りなんですかねえ」

オリバーはふっと息を漏らした。

「……最初の頃、あんたとあんたの主人にきつくあたってすみませんでした」

「ぼくは気にしてないよ？　たぶんだけど、イヴェットももう気にしてないと思う。ほら、ぼくらは似ているからね」

同じ師匠のもとで育ってきたからねえ、と邪気のない笑みで返すフェリクスに、オリバーは小さく微笑《ほほえ》み、「ありがとうございます」と返した。

従者たちが部屋を辞してからも、休憩を挟みつつイヴェットとアレンは呪いの解呪に勤《いそ》しんでいた。

視線が出会う回数が重なるごとに、イヴェットの瞳の輝きが強くなっていく気がする。呪いの解呪に取り組み始めたアレンは、見つめ合いながらそんなことを思う。

やがて、その回数が二十を超える頃には、飾り窓の向こうから差してくる陽の色が朱色を含み始めていた。

休憩のため、アレンは視線をぱっと離した。放っておけば、イヴェットは長時間分解の魔法を行使しそうだったため、一時中断するのはたいていが彼のほうだった。

近づきすぎて一つの塊になっていた二人の身体も、アレンのほうから距離をとることで二つに分かれた。

魔力の放出を終え、イヴェットの吐く息が少し荒くなっていた。

「……大丈夫か？」

「うん、平気よ。ありがとう」

少女の額には、玉のような汗が浮かんでいた。気づいて、手巾《ハンカチ》を渡そうとすると、それよりも早くイヴェットは自身の手で乱暴に拭っていた。

渡しそびれた手巾を持って固まるアレンに気づいて、少女は気恥ずかしそうに笑う。

「ごめんなさい。淑女じゃなくて」

「いや……」

アレンも何事もなかったように手巾を仕舞った。

イヴェット曰《いわ》く、分解の魔法による解呪への道のりは順調とのことだ。見つめ合う回数が増えるごとに、アレンの瞳の奥にある魔法陣が崩れていくのを確認できているという。

ひょっとしたら眠りの呪いのほうは既に解呪されているのではないかと、窓辺にやって来た小鳥を対象に試してみたが、果たして小鳥はぱたりと倒れてしまった。半年以上も持続している呪いであるわけだから、残念ながら一気呵成《かせい》に解呪させることは難しいらしい。

「やはり、完全な解呪にはもう少し時間がかかるか」

「そうね。でも、確実に効果は出てるはず。これなら、毎日解呪を続けたら完全に解ける気がするわ」

「毎日……？　これをするのか？　毎日？」

呆《ほう》けた顔でアレンは呟く。イヴェットは「当然でしょう」と、胸を反らして答えた。

「本当なら、せめて眠りの呪いのほうだけでも、今日一日で解呪できたらよかったんだけど、やっぱりすぐに解呪できるほど単純な呪いではないようね。明日《あす》も絶対に試してみましょう」

「…………そうか」

たっぷりとした沈黙ののち、アレンは答えた。しかし、本心では悲鳴を上げていた。解呪が進むのは助かるが、これが毎日続いては自分の心臓がもたないのではないか。

「気が進まない様子だけど、どうかした？」

「いや、何でもない。しかし、そういう君は嬉しそうだな」

「え？　ええ、嬉しいわ。だって、やっとあなたの呪いを解呪できそうなんだもの。それも、私の魔法で！」

対するイヴェットは喜色満面な様子だった。上気した頬も、きゅっと上がった口角も、弾んだ声も、彼女の喜びを素直に表しているのだとわかる。

下心も何もない、純真な心を見せられて、アレンは眩《まぶ》しそうに目を細めた。いまだに見つめ合うことへの気恥ずかしさはあるが、彼女の厚意を無駄にはしたくない。

（ここまでさせておいて、解呪ができなかったで終わるわけにはいかない。覚悟を決めなければいけないな。俺も）

まあ、それはそれとして。今日のところはこれで終業だろう。

飾り窓の向こうを盗み見て、アレンは切り出した。

「そろそろ夕暮れ時だな。オリバーとフェリクスもじきに帰ってくるだろう。彼らが戻ってきたら、君はフェリクスを連れて自室に——」

「あ、それなんだけど。今夜、私と一緒に過ごしてみるのはどうかしら」

「…………え？」

間の抜けた声がまた出てしまった。ぽかんと口を開けて硬直したアレンとは反対に、イヴェットは至極真剣な表情だった。

「さっき解呪しようとしていたのは眠りの呪いだったから、今度は眠りネズミに変身する呪いの解呪を試してみたいと思わない？」

腕組み、ううんと唸《うな》るような声音でイヴェットは続けた。

「まず、私の分解の魔法があなたの眠りネズミに変身する魔法の解呪に有効かどうかを確認したいわ。それでもし有効そうだとわかったら、分解の魔法の効果で眠りネズミに変わる時間帯を少しでも伸ばせるかどうかも試してみたい。少し考えてみたんだけど、眠りネズミに変身する呪いは、『夜の時間帯だけ』って条件がついているでしょう。これって眠りの呪いの『常時効果付与』よりも緩い条件付けだと思うから、ひょっとしたら何度か見つめ合うだけで完全に魔法陣が綻んで眠りネズミの呪いのほうは解消できるんじゃないかって踏んでるの。まあ、一夜ですべてを解決できるほど甘くはないと思うから、こっちも何回か一緒に試してもらうことにはなるだろうけど、となると時間的猶予がないのが痛いところよね。どうかしら、試してみる気にはなった？」

驚いた。休止符なしの早口だ。ここまで熱く語る彼女の姿が意外で、アレンはすぐに状況が呑み込めない。

ただ、彼女がとんでもない提案をしていることはわかった。直接会ったことはないが、話に聞く彼女の師匠ジェナもこんな突飛な感じなのではないだろうか。

「その、少し性急すぎる気もするんだが」

「どうして？　さっきも話したように時間が潤沢にあるわけじゃないのに」

「今日だってかなり魔力を使っただろう。魔力充填《じゅうてん》のためにも、まずは一晩君の瞳を休ませて問題ないことを確認したうえで翌日から試してみるべきだ」

「それって問題の先延ばしじゃないかしら。本心から言っているの？」

「いや……」

「本音は？」

言い淀んだアレンをイヴェットは逃がさなかった。詰問され、観念したアレンは白旗を上げた。頬が微《かす》かに熱い。

「……俺の心がもたない」

「……心が？」

無音が続くこと、数拍。イヴェットから息が漏れた。アレンの頬に浮かんだ朱の意味に気がついたようだった。

沈黙したまま、アレンは少女の様子を窺《うかが》った。瞬間、青の瞳を瞠《みは》らせる。アレンの予想よりも、イヴェットのほうが動揺していたからだ。

ぽっと頬を薔薇《ばら》色に染めた少女は、自分が今まで話した内容がとんでもないものだったことに気づき、両手で口を押さえた。

「…………ご、ごめんなさい。私ってば変なことを」

気にしないでいい、と宥《なだ》めようとしたアレンよりも早く扉が叩《たた》かれ、聞き慣れた従者の声がした。

「――すみません、返答がなかったので入りますっ。アレン様とイヴェット、ご無事ですか！」

開けられた扉の向こうに、剣に手をかけたオリバーが待っていた。彼の肩にちょこんと乗ったフェリクスも威嚇《いかく》のつもりか小さな牙《きば》を見せている。

しかし、室内に曲者《くせもの》はおらず、そこにいるのはともに頬を朱く染めたアレンとイヴェットだけだ。

状況が呑み込めず、オリバーは目を白黒させた。

「ええと、さっきから扉を叩いていたんですが、応答がなかったので心配になって無礼ながら扉を開けさせていただきました……。ええと、これはどういう状況でしょうか……？」

視線が向けられたのは、やはり主人であるアレンだった。

彼に眠りの呪いをかけないようにするために――そして気まずさ故《ゆえ》に、瞳を伏せてアレンは言った。

「……何でもない」

そして何か言い募られるよりも早く、アレンは有無を言わさず自分以外を部屋から閉め出したのだった。


翌日も、解呪を試みるべくイヴェットはアレンの私室を訪れていた。

「お、おはよう」

アレンの姿を視界に入れた瞬間、昨日のことが思い出されてしまった。急に動揺が走り、挨《あい》拶《さつ》の声が上擦る。彼に気づかれてしまっただろうか。そっと窺うが、当のアレンはいつものように淡々と「ああ」と返してくるだけだった。

（いつも通り……ね。とりあえずよかった、のかな？）

意識しているのは自分だけだと言われているようで寂しいような、けれど意識されて視線を逸《そ》らされても困るのでこれが正しいような。複雑な感情になりながら、イヴェットは長椅子に腰かけ、彼の顔に起きた変化に気がつく。

「隈《くま》が昨日よりも薄くなってるわね。昨日はいつもよりよく眠れたの？」

「え？　ああ、そうだな。そういえば、昨日は眠りネズミに変わってから、割とすぐに寝入っていて……。図らずとも、実験の緊張や疲労がよい方向に作用したのかもしれないな」

後半の言葉は、小さく呟かれたのでよく聞こえなかった。「え?」と首を傾げたが、アレンから「何でもない」と言い切られてしまう。続けられた言葉が何だったのか、気になりはしたが、アレンの健康状態がよくなっていることは喜ばしいことだった。

「俺のことはいい。君の体調はどうなんだ」

「一晩休んだから問題ないわ。魔力も戻ってきてる」

「そうか。ならよかった」

「分解の魔法の機序も随分とわかってきたし、解呪を試してみて結果としてよかったわ」

昨日、アレンの私室から追い出された後、自室に籠《こも》って考えてみたのだが、どうやらこの瞳は、魔法の設計図である魔法陣に対する嗅覚が鋭いようだ。本来なら、専用の魔法を使って捕捉する必要のある魔法陣を易々《やすやす》と引きずり出し、見つめるだけで緻密《ちみつ》に織られたような魔法陣の陣形を端から綻ばせていく。これまで、無意識に見つめるだけで分解してきたと思っていたが、意識して発動させてみたことで分解の魔法に対する理解が格段に進んだ。

(むしろ今までよく無意識に発動できていたものだわ。……レスターとの闘いには、それくらいの即効性がないと足りないんだろうけど)

恐ろしい速さで迫ってきた火球を思い出すと背筋が凍った。魔法の打ち合いの場面など、イヴェットは見たことはないが、もし仮にあるとすれば、あのような状態になるのだろう。

（何だか、どうして分解の魔法が開発されたのか、わかってきた気がするわ）

黒薔薇団は、遠くない将来に魔法使い同士の衝突が起こることを予見していたのかもしれない。あるいは、自ら魔法使い同士の戦争を仕掛ける予定だったのかもしれないが。

魔法の打ち合いになった場合、障壁を張る魔法や高い攻撃力を誇る魔法も大事だが、あらゆる魔法を無効化する魔法も大変強力な武器になる。

「イヴェット、どうかしたか？」

「ううん、何でも」

思考を切り替えて、さて今日も解呪に取り組もうかと、アレンが隣に座るのを待ってみるのだが、当の彼がなかなか着席してこない。

「……アレン？　どうしたの」

「君に渡したいものがある」

「私に？」

思わぬ申し出にぱちぱちと瞬きをした。

アレンは自身の机の引き出しから、小箱を取り出した。大事そうに抱えて持ってきたそれを、イヴェットの前でぱかりと開けた。

なかには、一対の小ぶりな耳飾りが収められていた。飾りの部分には、円の形に整えられた、深い青色の輝きを湛《たた》える宝石が嵌《は》め込まれている。

「……これは青玉《サファイア》?」

問えば、アレンは首肯した。

思いがけない贈り物に、イヴェットは驚きを隠せない。恐々と箱に収められた耳飾りを取り出した。

魔道具として宝石を取り扱うこともあるから、触れること自体は珍しいことではない。ただ、ジェナ以外から贈り物を貰うのは生まれて初めてだ。それも同年代の少年から。緊張してしまうのも当然だろう。

「でも、どうしてこれを私に?」

「これまでのお礼だ。青玉は悪いものから守る意味があると聞く。今の君に持っていてほしいと思ってな」

明かされた理由に、胸の高鳴りが一層大きくなった。春を迎えた蕾《つぼみ》が開く直前の、爽《さわ》やかな予感に似たものが迸《ほとばし》り、頬が林檎《りんご》のように火照った。

「……ありがとう」

ぎこちなくそれだけ言うと、アレンも頷いた。

こういう時、貰った耳飾りはすぐにつけたほうがいいのだろうか。定石がわからず、イヴェットは人付き合い下手《べた》の己を呪う。

なんとなくつけたほうがいい気がして、イヴェットは慣れない手つきで耳飾りを取り付け始めた。魔道具以外で装身具を身につけることがないため、耳飾りをつけること自体が初めてだ。

「……手伝おうか？」

「え？　いや、えっと……ええと」

不器用な手つきを見て、初心者だと見破られたのだろう。アレンが助け舟を出してきた。最初は渋ったイヴェットだが、一つ目をつけるだけでかなりの時間がかかりそうだった。

「……お願いできるかしら」

迷った末に、片側分はアレンの力を借りることにした。頼られた彼は表情一つ変えずに承諾した。

長椅子に腰かけたアレンが触りやすいように、イヴェットは少しだけ距離を詰めた。少し動けば肩先が触れ合うような距離になり、相手の息遣いや衣擦《きぬず》れの音が大きく伝わってくる。

(でも、解呪だってこれくらいの距離でやっていたんだし、変に意識しちゃだめだわ)

逆に言うなら、ここで意識していては今後の解呪の時にも支障が出るかもしれないのだ。

つんと澄ました顔でイヴェットはアレンが耳飾りをつけてくれるのを待つことにする。

長い指先で耳飾りをつまんだアレンは、迷いのない動きでイヴェットの柔らかな耳朶《じだ》に触れた。

「あ……」

触れられた瞬間、無意識に吐息が漏れた。他人に耳を預けることも初めてだったため、経験のない感触に身体が驚いてしまったようだ。

隣に座ったアレンにも僅かに動揺が見られたような、そんな気配がした。

「ご、ごめんなさい。大丈夫だから」

「……ああ」

少し緊張した声が返ってきた。再び彼は、今度はゆっくりとイヴェットの耳に触れる。

石鹸《せっけん》のような爽やかな優しい匂いが近づいて、距離の近さを再認識させる。無防備な頬に、ほんの少し彼の吐息がかかった気がした。

自分でも耳飾りを取り付けながら、内心でそんなことを願う。

(早く……早くつけて……)

果たして、彼はきちんと自分の役目を果たしたらしい。触られる感触がしばし続いたのち、優しい指先が耳から離れていった。反対に、「できたぞ」との報告が入る。

その頃には、イヴェットもなんとか片側の耳に耳飾りを取り付けることに成功していた。

心臓に悪い時間が去って、ひとまず胸を撫で下ろす。

「……ありがとう。変じゃない?」

「うん、よく似合っている」

「そ、そう?　ならよかった」

自身の耳を軽く触って、イヴェットは小さく微笑む。跳ねた心臓も徐々に落ち着きを取り戻しつつあった。

「大切にするわね」

「ああ」

アレンも満足そうに笑っていた。伏せられた瞳も、嬉しそうに細められている。

「じゃあ、解呪のほうも始めましょうか」

「よろしく頼む」

表情を引き締めたイヴェットに呼応するように、アレンの顔つきもきりりとしたものに変わった。

その後は、昨日と同じ要領で分解の魔法を何度も繰り返した。回数を重ねるごとに、魔法陣の綻びが大きくなっていく。確かな手ごたえを感じられることがイヴェットとしても嬉しい。

正午を迎えた辺りで、アレンの私室には来訪者があった。

ノックと簡単な照合ののち、扉から顔を覗かせたのはオリバーだった。彼が持つ長細い盆には四皿分のシチューと、瑞々《みずみず》しい葉物野菜が挟まれたサンドウィッチに季節の果実、水差しが置かれていた。

「昼食をお持ちしました」

「わあ、ありがとう」

「フェリクスも呼んでおいたので、じきに来ると思いますよ」

「え？」

首を傾げていると、暖炉から小さな羽音がした。

振り返れば、はしゃいだ様子のフェリクスが灰の中から顔を出していた。

「えへへ、お待たせ」

「フェリクス！」

驚いて近づけば、幼い彼は機嫌よさそうに尻尾を振った。

「どうしてここに？」

「オリバーがね、とびらのすきまから手紙を差し入れてくれたんだ。『今、アレン様の部屋に行けばみんなでごはんが食べられますよ』って書いてあったから来てみたんだ」

移動する時は他者に見つからないように、暖炉の奥の通路を利用したようだ。

イヴェットは、密かにくすりと笑った。

(この四人で食卓を囲む日が来るなんてね。初めて会った時には思いもしなかったわ)

四人の内訳は、魔法使いと魔法生物サラマンダー、騎士とその主人たる王子である。各々が互いの領域から隔絶された道を歩んでいたら、出会えなかった人たちだ。

感慨深さを覚えつつ、灰がついてしまったフェリクスの皮膚を綺麗《きれい》にしてやる。くすぐったいのか、大口を開けながら身を捩る彼を腕に閉じ込めて、灰を拭った。

その間、オリバーは主人に近づいた。サラマンダーの世話をする魔法使いに視線を移して、再度主人に戻してから呟いた。

「イヴェットって、耳飾りなんてしてましたっけ」

「さあな」

はぐらかすように答える。しかし、聡い従者は耳飾りの来歴に気づいたかもしれない。

その証拠にか、アレンの表情をまじまじと眺めた彼は、我慢できない様子で噴き出した。

「おい」

「すみません。お顔を見ていたら、解呪の試みが順調だということがわかったので、つい」

「どういう意味だ」

思わず眉根を寄せた。呟く声も小さめに、囁く程度で返しておく。

「どうって、言葉通りの意味ですよ」

「そんなに表情に出ているか？」

呪いを受けて以降、他者との接触を避けてきたアレンである。嫌なおまけだが、人との接触が減った分、無表情も板についてきたはずだ。だが、いつもは忠義に厚い騎士は「ええ、それはもう雄弁に」と含みをもたせた声で告げてくる。

「頬が緩んで、目もいつもより輝いていて、『ご機嫌』って顔をなさってますよ」

「な」

二の句がつげない。言葉にされると想像したくない顔つきだ。そんな表情を本当に自分がしているのか、と少し目眩《めまい》がしそうだった。

「……そんなに緩んでいたか？」

「ええ、ゆるゆるに緩んでました」

問いかけると騎士はしたり顔で返してきた。あまりにもばっさりと切り捨てられたため、咄嗟に返せる言葉はアレンにはなかった。

「まあ、イヴェットとの実験が楽しかったんなら、何よりですよ」

「楽しいとか、そういう類《たぐい》のものではないんだがな。……というか、まだ解呪が完了したわけではないんだ。あまり俺の目を見ようとするな」

「承知しました」

「ちょっと、二人で何話しているの？」

フェリクスの世話を終えたイヴェットが話に割り込んでくる。駄弁《だべ》るのは終わりだと、わざとらしい咳払いをしたアレンは、全員を長椅子に座るように促した。

「やった、シチューだ。おいしそう！」

喜びを前面に押し出して、フェリクスははしゃいだ声を上げた。彼のために小皿に盛られたシチューを首ごと突っ込む勢いで食べ始める。

「詰まらせないように気をつけてね」

その忠告も彼にどこまで届いているかはわからない。呆《あき》れ笑いを浮かべながら、イヴェットは自身に配られた食事にありついた。やや遅れて、アレンやオリバーも食事を摂《と》り始める。

食事を始めて少し経《た》った頃、アレンはオリバーに尋ねた。

「ところでオリバー、調べ事のほうはどうなった？」

途端、騎士は食事をする手を止め、真面目《まじめ》な顔をつくった。

「徐々にですが、わかってきたことがあります。よろしければ、ここで報告しても？」

「頼む」

頷いたオリバーは、団服の胸ポケットから手帳を取り出し、それを主人の前に差し出した。

受け取ったアレンは、四人全員が見られるように机の中央にそれを置く。イヴェットとフェリクスもつられるように覗き込んだ。

手帳には、彼の気性が現れた、四角張った文字が書きつけられていた。

「呪いについて、アレン様は当初からベネディクト殿下の関与を疑われていました。それで、俺にベネディクト殿下の母上――王妃殿下のご実家を調べるよう命じられました。王妃殿下のご実家が、呪いをかけた術者――黒薔薇団と繋がりがあるのではないかと踏んだのです」

詳しい報告に入る前に、オリバーの簡潔な補足が入った。

「調べてみますと……さすがは名家のご出身といいますか、色んな記録で王妃殿下の家名をお見かけしましたよ。それだけに黒薔薇団との関係を導き出すのには苦心しましたが……やはり、薬師としての関わりが決め手でした」

ベネディクトの母親である王妃の実家は著名な薬師を輩出してきた名家だった。医療の分野で築いた地位は盤石で、王宮内の有力派閥でもある。

オリバーは手帳の一点を指で示しながら、暗い歴史の一端を紐解《ひもと》いた。

「王妃殿下のご実家は、黒薔薇団の設立と関わりがあったようです。黒薔薇団の有名な研究に『不死』の魔法というものがあるそうですが、もとは、我が子の長寿を願った貴族から話をもちかけられ、始められた研究だったそうです。そして、その話をもちかけた貴族の一人が、王妃殿下のご実家のご当主様でした。同団への多額の出資もしていたらしいです」

黒薔薇団の設立は今から百年ほど前のことだ。「その当主も今は鬼籍に入られています」とオリバーは補足して続けた。

「黒薔薇団と王妃殿下のご実家は一時期とはいえ、蜜月関係にあったようです。そして、その後ろ暗い事実がベネディクト殿下の即位を遠ざけていると、レスターは吹き込んだのではないでしょうか。その嘘と同時に、アレン様を国王に推す声が上がっていると、もっともらしく騙《かた》って、あの方を唆《そそのか》したのではないかと推測します」

自身に流れる血は変えられないが、アレンを亡き者にすることで王位に即《つ》く可能性を持つ者を排除することはできる。そうした歪《ゆが》んだ思考に、ベネディクトを向かわせたのではないか、というのがオリバーの見立てだった。

語られた推論に、アレンは深く息を吐いた。直情型のベネディクトは、よくも悪くも素直で染まりやすい。オリバーの指摘した可能性は充分にあった。あるいは、思考を誘導するために何らかの魔法が用いられていたのかもしれない。

「……ありがとう、オリバー。おかげで大事な事実を知ることができた。ほかでもないレスターから、ベネディクトが俺に呪いをかけさせた張本人だと明かされた以上、彼の罪はもはや疑いようもないが、君の調べてくれた揺るぎない事実がより一層、彼と向き合う覚悟を強くしてくれる。今後は王宮で不審な出来事が起きていないか、調べてくれるか。イヴェットが探知の魔法で見つけた魔法陣の痕跡と関連しそうな事件はないか、照合したい」

「わかりました」

「……ねえ、アレン。その様子だと、あなたはベネディクト様と対峙するつもりなの？」

問いかけに対して、アレンは無言だった。けれど、縦に動いた首が彼の出した答えだった。先に手を出してきたのはベネディクトのほうだとはいえ、二人は同じ血を分けた兄弟だ。その二人が戦うことになってしまったことにやるせなさを覚える。

イヴェットは瞳を翳らせた。

（レスターが唆して、魔法を呪いとして使わせたからだわ。魔法は、そんなことに使うものじゃないのに）

ここでレスターやベネディクトを止めなければ。十三年前にやっと断ち切られたと思っていた憎しみの連鎖が果てしなく続いてしまうことになる。

「……私も」

「イヴェット？」

膝に置いた拳《こぶし》に力が入る。アレンがベネディクトに向き合う覚悟を決めたように、イヴェットは改めて、レスターに立ち向かう決意を強くした。

「あなたが戦うなら、私も一緒に戦うわ。魔法使いとして、レスターの凶行を止めたい。ねえ、オリバー。直近で彼の姿を見た人はいるか知ってる？」

「いいえ。知り合いの文官から聞いた話では、現在、王宮でレスターの姿を見た者はいないようです」

「そうか……。イヴェット、君がフェリクスの行方を探すために使った魔法はどうだ？」

「あれには、探したい対象の一部が必要になるわ。フェリクスの鱗《うろこ》を使ったようにね。人間なら、髪や爪《つめ》が考えられるけど……」

より高位の魔法使いならば、そうした材料も不要な魔法を知っているのかもしれない。しかし、残念ながらイヴェットが扱える魔法のなかにはそんな高度な魔法は入っていない。

アレンは考え込んだ表情で言った。

「彼は、自らの痕跡を残すほど愚かではないだろうな」

「ほかに行方を知る者の可能性があるとすれば、ベネディクト殿下でしょうか」

サンドウィッチを口に運びながら、オリバーは情報を追加した。

「ただ、そのベネディクト殿下も、今日はまだお姿を誰もお見かけしていないということでした。ご公務があるとは聞いておりませんし、遠乗りにでも出られているか、私室に籠られているかですかね」

「ぼくがだんろの通路を使って、ベネディクトの部屋をこっそりのぞいてこようか？」

「そ、それはだめよ！」

「危険だ」

「献身には感謝しますが、危ないですよ」

ベネディクトが魔力を持たぬ人間とはいえ、まだ幼い彼を、明確な敵対相手の偵察に向かわせることはあまりにも危険だ。全員に止められたフェリクスは、不服そうに鼻を鳴らした。

「ぼくだって役に立てるのに……」

「気持ちはわかりますが、適材適所ってやつです。落ち込むこともないですよ」

オリバーが丸まったフェリクスの背中を撫でた。その間に、イヴェットはアレンに向き直る。

耳だけ貸すよう頼んで、小声で囁いた。

「ベネディクト様のところに乗り込むつもりね？」

「ああ」

「決行はいつ？」

「明朝、陽が上がり次第にする。図ったように、明日は王都の西端で十三年前に落とされた橋の修理完成記念式典が行われる。式典には国王と第一王妃が出席のため、王宮から不在となる。敵としても、この機会を逃す手はないだろう」

王宮で働く文官のなかにも、この式典に出席する者は多いらしく、アレンが人の目につかないよう行動するのに適した日だと言えた。

「君の魔力はどうだ。明朝までには回復しているか」

「うん、大丈夫よ」

力強く頷くと、「そうか」と安心したようにアレンが頷いた。下げられた肩が、彼が自分の身を案じてくれていることを伝えてくる。

その光景に、心に炎が灯るような、あの優しい感覚を覚えた。再び高鳴り出した心臓を宥めながら、イヴェットは手にした赤い果実を頬張《ほおば》った。

窓の向こうは夜が広がっていた。

自室に戻ったイヴェットは、明日に向けて仕事道具の準備を整えていた。

魔法屋から持ってきていた薬草は、残量を確認して種類ごとに鞄のポケットに収納しておいた。傷病に役立つ薬や包帯は鞄の中でも頑丈で傷つきにくい場所に保管する。そして、魔道具として最も使い込んでいる杖は、丁寧に時間をかけて磨いた。

ぴかぴかに磨いた杖を検分し終えると、なんだか随分と疲れが出た気がした。無理もない。レスターが黒薔薇団の魔法使いだと判明してから、張りつめた緊張が身体を襲っていたのだ。寝台に身体を投げ出すと、胸の上で首飾りが躍った。ジェナがルーナに預けてくれた、紅玉のお守りだった。

手慰みにそれを撫でているうちに、もう一つの贈り物のことを思い出した。

手を伸ばしてそっと、耳に嵌められた青玉に触れてみる。贈り主を思い出して、木漏れ日みたいな笑みが小さな口から零れ出た。

「イヴェット、嬉しそうだね。どうかしたの？」

「な、何でもないわよ」

口元の笑みを見られ、イヴェットは慌てて起き上がり、耳飾りからも手を離した。しかし、却《かえ》って注目を集めてしまったらしい。「あれ」とフェリクスが炎色の瞳を見開かせた。

「その耳かざりはどうしたの」

「あ、これは…………アレンがくれたの」

やや気恥ずかしくなって返答が遅れる。背中を丸めたイヴェットに気づいてか気づかないでか、幼い火蜥蜴は無邪気に笑った。

「その耳かざり、温かい気配がするよ」

「え？」

「お庭の陽だまりみたいな……寒い冬につつんでくれる毛布みたいな、温かい気配がただよってる。きっとアレンは、イヴェットのことを想《おも》っておくってくれたんだろうね」

「そう、なのかな」

「うん、きっとそうだよ。ぼく、この見立てには自信があるよ」

長い尻尾を揺らしたフェリクスがイヴェットの膝に飛び乗ってくる。とぐろを巻いて居座った温かい塊を撫でながら、イヴェットは目尻《めじり》を下げた。

「ふふ、だとしたら嬉しいわ。教えてくれてありがとう、フェリクス」

撫でる手の気持ちよさに目を細めたフェリクスは、何でもないと言うように喉を鳴らした。

「明日は、気をつけてね……。ぼくはオリバーとこの部屋で待っているけど、イヴェットたちがきけんになったら、ぼくらもたすけに行くからね」

「……うん」

真面目な顔つきになってイヴェットは首肯した。

炎を吐くことができ、空を自由に飛び回れるフェリクスは強力な味方だ。騎士として剣術を磨いているオリバーもまた。でも、まだ幼いフェリクスや、魔法に対抗する術《すべ》を持たないオリバーを危険とわかっている戦場に連れていくことはできない。

それが、四人で話し合って出した結論だった。ベネディクトに会いに行く間、彼らには離れた場所で待っていてもらうことにした。フェリクスとオリバーも、思うところはあっただろうが最終的には呑み込んで、その結論に合意してくれたのだった。

夜を迎え、疲れが出てきたのだろう。細長い目をとろんとさせたフェリクスは、傾ぎ出した頭を持ち上げ、眠気に抗《あらが》いながら宣言する。

「ほんきだからね。ほんきでたすけにいくからね。ぼくはほのおをふけるし、空もとべるし、今はまだ小さいけど、せいじゅうになったら、イヴェットたちを背中にのせることだってできるんだから……」

打ち明けられた想いに、愛しさと申し訳なさがない交ぜになった感情が胸を締めつけた。返事の代わりに彼の小さな頭をもう一度撫でてやれば、そこで体力の限界が来たのか、フェリクスはこてんと眠りに就いたようだった。

健やかな寝息を聞いて、イヴェットの目も少しだけ細められた。

燭台の明かりを消すと、すぐに室内も深い夜を迎えた。柔らかな毛布を被《かぶ》りながら、イヴェットはそっと窓の向こうを眺めた。今宵《こよい》は一段と深い闇夜だ。

星々や月の明かりも見つけられないほど暗い闇の底で、明ける朝を待っている彼を思い出す。

不安に耐えて過ごす夜を早く終わらせて、何も怖くない、心から安心できる温かい眠りを与えてあげたい。彼と正面から見つめ合って話ができるようになりたい。そう、心から思う。

胸の奥から湧《わ》き出る感情を明日の力に変えるように、耳から外した青玉を胸の前で握り締めながらイヴェットは眠りに就いた。

第六章　見果てぬ世界

翌朝、東の空から朝日が昇った頃《ころ》を見計らって、イヴェットは静かに部屋を後にした。ベネディクトの私室へと通じる廊下の途中で、アレンと合流する。経路を熟知している彼が先頭に立ち、イヴェットはそれに追随する。

辿《たど》り着いたベネディクトの私室の前に、見張りの姿は見えなかった。曲がり角を利用して、身を隠しながらそれを確認したアレンは小さく呟《つぶや》く。

「護衛の一人二人はいるかと思っていたが、誰《だれ》もいないな。用心深いベネディクトなら、護衛を置いていてもおかしくないのに」

「そうね、確かに……」

微《かす》かな違和感を覚えながら、二人は扉の前に立った。

アレンが把手《とって》に手をかけた時、イヴェットの分解の瞳《ひとみ》が何かを訴えてきた。

「あ……」

「どうした？　大丈夫か」

思わず目のあたりを押さえるとアレンが気遣いの視線を向けてきた。

「うん、平気。多分、この扉には魔法がかかっているんだわ」

「魔法が？」

「そう。易々《やすやす》と侵入者に入られないようにね。見張りがいない理由がわかったわ」

「分解することはできそうか？」

「やってみる」

イヴェットは扉を見つめる瞳に力を込めた。身体《からだ》の内にある魔力が上昇する感覚がする。

ほどなくして、赤い瞳は術者がかけた魔法の核を見つけた。砕けろ、と指令を送るとぱきりと核にひびが入り、扉にかけられていた魔法はぱっと霧散してしまった。

アレンが把手を持つ手に力を込めると、扉はそうなることが当然のように易々と開いていった。

ぎぃ、と蝶番《ちょうつがい》が軋《きし》む音を捉えながら、一歩を踏み出す。

しかし、その音は扉の向こうにいる相手にも聞こえてしまっていたらしい。

「誰だ」

鋭い誰何《すいか》の声がした。

室内の奥に、声音と同じく厳しい目つきをしたベネディクトが立っていた。

「……ベネディクト」

「何故《なぜ》貴様がここにいる!?」

侵入者たちを認めたベネディクトは肩を怒らせる。怒気を強めた口調で彼は言った。

「どうやって入った。扉にはレスターの魔法がかかっていたはずだぞ」

「その魔法ならば私が解きました」

イヴェットは一歩前に進み出た。

異母弟を見つめていたベネディクトの冷たい視線が少女に移る。

「……貴様が？　ああ、レスターが言っていた半人前の魔法使いか」

片方の口角を持ち上げた薄い唇が、歪《ゆが》んだ笑みを描く。

この様子だと、ベネディクトはイヴェットの瞳に分解の魔法がかかっていることは知らされていないようだ。重要な情報が共有されていないことからも、改めて、彼ら二人の関係は完全な利害関係で成り立っていることが窺《うかが》える。

「そのレスターは、今はどこにいる？」

「ふん、俺《おれ》は知らん」

「ベネディクト」

まともに取り合わない兄にアレンが詰め寄る。偶然なのか、視線が合わぬよう背けるためか、顔を逸《そ》らしたベネディクトはイヴェットを見下ろして小馬鹿《こばか》にする笑みを浮かべた。

「そこの文官も魔法使いなのだろう。レスターならば、敵の俺に直接聞くような無粋な真似《まね》はせずとも、己の力で欲しい結果を手に入れるだろうな」

比較されるような物言いに、イヴェットは唇を噛《か》んだ。自分に実力がないことなど、この王宮へ来て何度も感じたことだ。ここにいるのが、自分ではなくジェナであれば。ほかの優秀な誰かであれば。

でも、今ここにいるのはイヴェットだ。ほかの誰でもない。

だからこそ、自分にできることは最大限の力で頑張ると決めたのだ。その決意を思い出すように、負けじと視線を真正面から受け止めた。

瞬間、見つめ合った瞳が違和感を訴えてきた。

違和の理由を突き止めるよりも先に、仲間を庇《かば》うように一歩前に踏み出たアレンが言った。

「彼女の魔法は、既に俺を救っている。人に呪《のろ》いをかけるような、レスターの魔法とは違う」

「呪いとは物騒な言葉だな」

「誤魔化しは無駄だ。俺にかかっている呪いも、レスターの正体も俺たちは掴《つか》んでいる。――彼はかつて王都ルヴを制圧し、民を恐怖に陥れた黒薔《ば》薇《ら》団の一員だろう」

「……貴様ごときが、軽々しくその名を口にするな」

ベネディクトの様子が一変した。酷薄でありながらもどこか余裕を見せていた彼の顔は焦燥に駆られ、憤《ふん》怒《ぬ》の形相に変わった。

「いつもそうだ。崇高な使命を理解しない者ばかりが声を荒立て、我らを罵《ののし》り、邪魔をする。まるで己の中身の空っぽさを主張しているようで、実に哀《あわ》れで滑稽だ」

「ベネディクト……？」

豹変《ひょうへん》した兄の姿を見せられ、さすがのアレンも狼狽《ろうばい》を隠せなかった。

一方で、イヴェットはベネディクトの放った言葉に引っかかっていた。彼はまるで、彼自身も黒薔薇団の一員のように語っている。しかし、勿論《もちろん》ベネディクトは黒薔薇団の魔法使いなどではない。

そっとベネディクトの青の瞳を盗み見た。視線がぶつかることはなかったが、彼の瞳を視界に認めた瞬間、一瞬だけ稲妻のような衝撃が奔《はし》り、疑念は確信に変わる。

「……アレン」

硬い声音で名を呼べば、彼も気がついたようだった。

「彼は既にレスターの術中か」

「その通りよ。今のベネディクト様は正気じゃない。レスターによって操られているんだわ」

使われたのは、ひとの精神に深く作用する月系統の一つ――「洗脳」の魔法だろう。魔法使いたちのなかでも、ほんの一握りの術者にしか扱えないほどの高位の術のはずだ。

「何を悠長に話している？」

「あっ……」

苛立《いらだ》ちを隠さない声がして振り向けば、ベネディクトは剣を構えていた。

抜き身の剣が、迷いもなくイヴェットとアレンの間に割って入る。咄嗟《とっさ》に飛びのいたはいいが、重心を崩してたたらを踏んでしまった。

「イヴェット！」

「他人より自分の心配をしたほうがいいぞ」

ベネディクトの剣がアレンに向けられる。

背後を取った彼は剣を振り上げた。背中から斬《き》りつけられそうになったところを、アレンも剣で応戦することで回避する。

互いの剣を挟んで向かい合うかたちになった二人を見て、イヴェットはベネディクトがアレンの呪いを受けて眠りに就かないだろうかと期待する。しかし、ベネディクトの視線はアレンの手元に集中していて、同色の瞳が見つめ合うことはなさそうだった。

「本来は俺の手を汚さずとも、呪いで死んでもらうはずだったのだがな。だが、もうよい。ここでお前は始末する」

アレンよりも僅《わず》かに背が高いベネディクトが、その利を生かして体重をかける。

「ベネディクト、話を聞け……。くっ……」

「くたばれ。エゼルクスの王の座に即《つ》くのは俺だ」

受け止める側のアレンは分が悪いと悟ったのか、身軽な動きで背後へと後退《あとじさ》った。だが、折角取った距離はベネディクトが即座に詰めてくる。アレンの動きは、自然と防戦一方になっていた。

何度も斬り結ぶ二人を見て、イヴェットの心も焦燥に駆られる。

（どうしよう……。二人を止めなきゃ）

操られたベネディクトはイヴェットには見向きもせず、アレンを執拗《しつよう》に攻撃していた。

彼の先ほどの言葉からしても、レスターはベネディクトの王位への執着心を利用していることがわかる。オリバーの調査通り、母親の生家と黒薔薇団の後ろ暗い繋《つな》がりを仄《ほの》めかし、アレンを次期国王に推す声が上がっていると嘯《うそぶ》き、彼に弟を弑《しい》するよう働きかけたのだろう。

そして今は、ベネディクトに洗脳の魔法をかけ、王族同士で潰《つぶ》し合いをさせようと目論《もくろ》んでいる。このまま二人を戦わせれば、レスターの思う壺《つぼ》になる。

意を決して、覚悟をした。

ベネディクトが再び上段から剣を打ち下ろす。アレンが剣を頭上に構えることで防御に徹した瞬間を見計らって、イヴェットは前に飛び出した。

「なっ……」

視界の端で動きを捉えたのか、アレンの虚を突かれたような声がした。その声につられたように、ベネディクトの視線も運よくイヴェットのほうを向いた。

瞬間、瞳がじんわりと熱を覚えた。ベネディクトにかけられていた洗脳の魔法を感知した瞳は、瞬く間にその魔法を分解していく。

気づけばイヴェットの身体と敵の持つ剣は、恐ろしいほど近い距離にあった。あと一歩でも踏み出れば鋭い刃が柔らかい皮膚を切り裂きそうなほどの近さだ。

我ながら無謀なことをした、と思った。だけどこれで――。

（解けた！）

熱くなった瞳と解けていく魔法陣を視界に認めて、イヴェットは小さく拳《こぶし》を握り締める。

ベネディクトの手から剣が滑り落ち、からんと虚《むな》しい音を立てて床に転がった。本人もまた、虚《うつ》ろな目になって端整な顔からは一切の表情が抜け落ちた。

「ベネディクト……」

物言わぬ人形のようになった兄をアレンは見つめた。同じ色をした二対の瞳は互いの姿を認め合ったらしい。ややあって、ベネディクトの長身は床に崩れ落ちた。

瞼《まぶた》を閉じて横たわる兄を、アレンは静かな表情で観察していた。背後にいたイヴェットもそっと声をかける。

「ベネディクト様は……」

「心配するな。息はある。眠っているようだ」

「そう……」

アレンと見つめ合ったことで眠りの呪いを受けたのだろう。眠りの呪いは、彼が嫌う人物には発動しないことがレスターと対峙《たいじ》した時に立証されている。裏を返せば、自分の命を奪おうとしたベネディクトでさえも、アレンは完全に嫌うことはできないでいるということだ。

複雑な気持ちで彼の横顔を眺めていると、アレンは深く項垂《うなだ》れた。

「それより、もうあんな無茶はしないでくれ。剣を持った者同士の戦いに割って入るなど、あまりにも危険すぎる。さっきはさすがに肝が冷えた……」

「ごめんなさい。でも、止めたかったから……」

反省の言葉を口にすれば、言いすぎたと感じたのか彼はぱっと顔を背けた。

「わかってくれればそれでいい。君のおかげで助かったのも事実だしな」

ありがとう、とアレンは短く礼を言った。イヴェットも素直にそれを受け入れる。

立ち上がった二人は、広々とした室内をぐるりと見渡した。

もとより気づいていたことだが、そこにレスターの姿はない。

「結果としてベネディクト様の洗脳を解けたからよかったけれど、結局レスターの行方《ゆくえ》は掴めなかったわね」

「ああ、だがこの部屋に入れたからこそ、進める場所がある」

「どういうこと？」

首を傾げたイヴェットに対して、剣を腰に佩《は》き直したアレンは徐《おもむろ》に部屋の奥へと歩き出した。

「……レスターは、ベネディクトは自分に魔法の実験をするための資金と材料、そして場所を提供してくれたと言っていただろう。資金と材料が示すものはわかっている。残った『場所』

というのは、魔法の実験をしてもそれが周囲に漏れないような、知る者がごく限られた閉鎖的な場所であるはずだ。——たとえば王族だけが知っている秘密の部屋のような」

彼の意図を察して、イヴェットも小走りに後を追う。

「この私室のどこかに、その部屋に続いている通路があるのね」

「ああ、兄と疎遠になる前の幼い頃に、この部屋には、別の部屋に続く通路があると教えてもらったことがある。道がまだ残っていればの話だが——」

そうして、彼の足が止まったのは、部屋の最奥だった。

奥の壁面には、エゼルクス建国神話の一幕を描いた絵画が掲げられていた。若き青年が勇壮な表情で剣を構え、異国より来た敵を討ち取ろうとする場面が描かれている。

絵画には見向きもせず、アレンは奥の壁に手をつき、深く押し込んだ。

ごとり、と音を立てて、壁もとい扉が開いていく。開いたその先を見やると、奥には木の階段が続いているのが確認できた。

「よかった。通路はまだ生きているようだ」

「この先には何があるの？」

「物置部屋だな。歴代の王子たちが蒐集《しゅうしゅう》した兵士の甲冑《かっちゅう》や異国との交易品などが仕舞われた部屋だと聞いている」

「わかったわ。行ってみましょう」

イヴェットは自身に流れる魔力に命じて、杖《つえ》先に光を生み出した。

隠し通路と言うだけはあってか、道はさほど広くなかった。並んで歩くと自然と肩が触れ合う距離になる。アレンには反対されたが、光をかざすためイヴェットが前に出て歩くかたちをとった。

隠し扉は開けたままにして、無言のまま一歩を踏み出した。

瞬間、木の天井からぱっと明かりが降り注いだ。

「え?」

目を点にして頭上を見上げた。見れば、天井には等間隔に吊《つ》り下がる燭台《しょくだい》があった。火を灯《とも》した蝋燭《ろうそく》が橙《だいだい》色の光をあたりに振りまき、行き先を照らしてくれていた。

「おかしい。十数年前に聞いた話には、こんなものはなかったはずだ」

「……レスターが根城にしている証拠ね。人の存在を感知したら自然と明かりが点《つ》くようにしているのかもしれないわ」

ざらついた、嫌な空気を肌に感じてイヴェットは表情を険しくさせた。相手の領域に入ってしまったような、空気の不穏な変化を敏感に感じ取る。

それでも、一歩を進めるしかあるまいと足を踏み出した時、ぱきり、と硬い材質のものにひびが入るような音がした。同時に、橙色の光がゆらりと揺れたように見えた。

「……何?」

瞳がじんわりと温かくなる感覚を覚える。その次の瞬間には、燭台が天井から真っ逆さまに落ちてきていた。

「イヴェット！」

「きゃ……」

アレンの声が響く。同時に浮遊感がして、気づけばイヴェットは彼の腕に抱きかかえられていた。彼の太い首にしがみつきながらイヴェットは短く悲鳴を上げる。背後では、蝋燭を保護していた硝子《ガラス》が砕ける音がした。

すんでのところでイヴェットを救った彼は、そのまま距離を取る。

「大丈夫か」

「う、うん。ありがとう。助かったわ」

動転しながらも答える。イヴェットを床に下ろした彼は、背後を振り返った。そこに見えるのは無惨に砕けた硝子と蝋燭の破片たちと、そして床に燃え移ろうとしている火だ。

「まずいわ」

イヴェットは咄嗟に杖先の明かりを消した。代わりに大地の魔法に助力を乞《こ》い、水を呼び起こすことで失火の難を逃れる。焦げ臭い匂いがあたりを漂った。

「今のは一体……」

「燭台が落ちる前に魔力の気配がしたわ。侵入者を撃退するために張られた、レスターの魔法なのかもしれない」

「何だと……！」

アレンが低く唸《うな》る。イヴェットは道の先を見据えて言った。

「きっと、この先もレスターの縄張りね。いたるところに彼の魔法が仕掛けられている可能性が高いわ」

同時に、魔法が張り巡らされているということは、この道の先にあるものは彼にとって秘匿しておきたいものなのだろうという推測が立つ。書庫の特別閲覧室に、外部の者が侵入してこないよう魔法を張っていたレスターのことだ。不届き者を事前に排除する仕組みを構築していてもおかしくない。

「慎重に進みましょう。私の傍《そば》を離れないで――」

言葉を紡ぎ終わる直前に、イヴェットは異様な振動を感じ取った。隣に立ったアレンも同じなのか顔つきが険しくなる。

その一瞬後、轟音《ごうおん》が鳴り響き、大地が震え出した。下から突き上げられているような衝撃に、イヴェットは思わずよろめく。

頭上では、天井から下げられた燭台たちが再び揺れ始めていた。既にいくつかは床に落ち、火の海を生み出しつつある。

「まずい……。地の揺れも危険だが、ここで大火事に巻き込まれてもいけない。……立てるか、イヴェット。通路の奥まで一気に駆け抜けるぞ」

促され、よろめきながらも彼の手を借りて立ち上がった。大地はいまだ揺れ続けていたが、彼の言う通り、天井の崩落や大火事も恐ろしかった。

「行こう」

合図を受けて、二人は一緒に走り出す。背後では、燭台から生まれた炎が舐《な》めるように床を這《は》い、二人の後を追いかけていった。


陽《ひ》が徐々に高く上がり始めたな、とオリバーは思った。

壁面につくられた大窓を通じて朝日をたっぷり飲み込んだ室内は随分と明るい。澄んだ空気が春告げ鳥の歌を運び、何も知らなければ、いつもと変わらぬ長閑《のどか》な朝だった。

主人たちがベネディクトのもとへ向かってから小一時間は経《た》とうとしている。彼と接触することはできただろうか。レスターの行方は掴めただろうか。気がかりなことばかりだ。

「心配ですね……。あんたもそう思いませんか？」

不安なのは自分だけではないだろうと、傍らにいるサラマンダーに声をかけた。

しかし、机に飛び乗り、背を向けた彼からの応答はなかった。

「フェリクス？」

不思議に思って呼びかけたが、またしても返答はない。これはおかしい、とオリバーは姿勢を正した。

「ちょっと、一体どうしたんですか。何故返事を――」

「……いやな予感がするよ」

「え？」

返ってきたのはぽつりとした呟き。不穏な響きを含んだ声音は、いつも快活なサラマンダーには似つかわしくなかった。

フェリクスは起き上がり、威嚇《いかく》するように尻尾《しっぽ》を高く持ち上げた。

「……オリバー、来るよ」

「来る、とは何がですか」

「わからないけど、よくない何かが。これもレスターのしわざかな。あらあらしい魔法が放たれたみたいな――」

言葉は途中で打ち切られた。

突然の轟音が鳴り響いて、大地が揺れたからだ。たまらず椅子《いす》から立ち上がったオリバーは、重心を崩して机から転がり落ちてきたフェリクスを片腕で支えた。

「地震ですか⁉」

「ううん、これはたぶんレスターの魔法だよ！」

ひとまず机の下に潜ろうとしたオリバーをフェリクスが止めた。

「だめだよ、オリバー！　天井を見て！」

「どういうことですか？　地震の時に天井を見上げたって……って、ええ⁉」

見上げた光景にオリバーは絶句した。

高い天井がまるで自分たちを圧《お》し潰すかのように下がってきていたからだ。大きな揺れを受けたためだろうか。しかし、頑強な素材で造られた王宮はそんなに脆《もろ》くはないはずだ。

「きっとレスターの魔法だよ。ここはイヴェットの部屋だから、最大火力でこうげきしてきてるんだ！」

フェリクスの悲鳴が飛ぶ。人を圧死させようとするなどなんと非道な、とオリバーは心のなかで毒づいた。

とはいえ、今は己とフェリクスの安全確保が最優先だ。彼の指摘通り、このまま机の下に潜っていることは死を意味する。ならば廊下に出るかと扉を見やるが、生憎《あいにく》と扉の上部は既に圧し潰され始めており、開けることは不可能なようだった。

となると、残る脱出口は窓のみ。幸い、大窓は開け放っていて、今なら抜け出せるだけの隙《すき》間《ま》はありそうだ。問題は、この部屋が四階にあるということだが。迫りくる天井からは逃れることはできても、飛び降りた衝撃で身体が潰れてしまうことは明白だった。

――とはいえ、仕方がないだろう。

オリバーは覚悟を決めた。

「フェリクス、あんたは身体が小さい。暖炉の奥の抜け道から脱出して逃げなさい」

「え？」

明け方の空の色に似た、フェリクスの明るい瞳が困惑を灯した。

「でも、それじゃだんろのおくに入れないオリバーはだっしゅつできないでしょ？　どうするつもりなの？」

「俺は窓から逃げます」

「窓からって……ここは四階だよ⁉　ぼくや鳥ならともかく、ふつうの人間は落ちたら死んじゃうよ！」

目をきゅうっと吊り上げたフェリクスは怒った。猛烈な抗議を受けたオリバーは困った顔で少し笑う。

「俺のことはいいんで。今は自分が助かる方法を考えないと」

「だめだよ、だめ、だめ‼　ぜったいみとめないから」

フェリクスは大きく息を吐いた。諦《あきら》めの悪そうな彼と、なおも迫りくる天井を見てオリバーは焦りを覚えた。このままでは自分だけではなくフェリクス諸共潰れてしまう。

「気持ちは嬉《うれ》しいですよ。でも、あんただけでも生き残らないとアレン様とイヴェットが悲しみます」

「そんなの、オリバーがいなくなったって悲しいよ‼」

ぴしゃりとフェリクスは言い返してきた。このサラマンダーはつくづく強情っ張りだ。短い付き合いでも、それくらいのことはわかるようになった。

恨まれてもいいから暖炉の奥に放り込んでしまおうかと、サラマンダーに手を伸ばした瞬間、フェリクスの怒りが大爆発した。

「オリバーもいっしょに助からないとぼくはいやだよ！」

「フェリクス、落ち着いて」

「イヴェットもアレンも、君も‼　みんな、ぼくのことを守ろうとする‼　ぼくはそれもうれしいけど、でもぼくだってみんなを守りたいんだ‼」

甲高い声が木霊《こだま》する。感情の膨らみに呼応するように、徐々にフェリクスの身体を光が覆っていった。

「ち、ちょっと、どうしていきなり光が……」

思わぬ現象を前にしてオリバーは狼狽《うろた》えた。言われて、自分の身に起こった変化に気づいたらしいフェリクスは、光り出した身体を見下ろして呆けた顔で呟く。

「あれ？　これって、もしかして……」

フェリクスの言葉はそこで途切れた。

瞬間、彼の身体を纏《まと》う光は一層輝きを増し、オリバーは目を開けていられなくなる。眩《まぶ》しさと、再び襲った巨大な揺れによって屈《かが》んだ自分の身体が、ふわりと宙に浮く感覚がした。

「うわっ」

抑えきれず悲鳴が漏れた。応じるような翼の羽搏《はばた》きの音が耳を掠《かす》めた気がしたが、目を瞑《つぶ》っていたオリバーには何が起きたか知る由もない。

次に目を開けた時、視界に広がっていたのは迫りくる天井ではなく、春の抜けるような青空だった。

冷たい風が耳を打ちつけて痛みを覚えた。

「何で俺、空を……って、フェリクス!? いつの間にこんなに大きく……!?」

視界の端に見慣れた鱗《うろこ》の皮膚が見えたことに気づき、まじまじと見下ろした。そこには、フェリクスの姿があった。ただし、自分の腕にすっぽり収まる大きさだったはずの彼ではない。馬と同等はあろうかという大きさにまで成長した彼が、そこにいた。

無意識なのか、オリバーの両腕は彼の太い首に回されていた。制服越しに、彼の体温と心拍を感知する。

どうやら自分は、巨大化した彼に背負われて窓の外に飛び出したのだろう。おかげで落下する天井に圧死される危機を逃れたらしい。俄《にわ》かには信じがたい話だが、目の前で起きた出来事を繋ぎ合わせるとそういうことになる。

驚きで猫目を瞠らせたオリバーとは対照的に、フェリクスは横長の瞳を嬉しそうに細めた。

「やった！　成長の時が来たんだ。やっとだ！」

「い、一体どういうことですか」

「そっか、オリバーは知らないんだ。サラマンダーは成長期をむかえると、ある日いきなり大きくなることができるんだよ」

「はあ!?　な、何ですかそんな無茶苦茶な説明は」

魔法生物の神秘にオリバーは目を白黒させた。

そうしているうちに、背後から轟音が届いた。振り返れば、四階の天井が完全に崩落していた。三階より下に被害は確認できなかったが、次にまたレスターの魔法が発動すれば、このまま無事でいられるとは限らない。

冷静な思考が戻ってきたオリバーは低い声で呟いた。

「……フェリクス。俺を下ろしてもらえますか。王宮の人々に避難を呼びかけてきます」

式典への出席や要人警護のため、王宮で働く者の数はいつもより少ないはずだが、皆無というわけではない。レスターの魔法がどこまで及んでいるかは不明だが、倒壊の危険がある建物からは遠ざけておいたほうがいいだろう。式典に出て不在となっている国王にもこの一報を早く伝えたほうがよい。

本音は、主人たちの助けに向かいたい。だが、魔法を使えない自分が戦場にいては、悔しいが足手まといだ。ならばせめて、王国に忠誠を誓う騎士として、ここで働く者たちを護《まも》りたい。

オリバーの意図を汲《く》んでか、フェリクスは高らかに宣言した。

「それなら、ぼくもついていくよ。ぼくがこのまま空を飛んで、上空から君がよびかけるのはどう？　きっと目立つだろうから、早くひなんが進むと思うよ」

「いいんですか？　それだと魔法生物の存在を知らしめることにもなりますし、イヴェットたちのことも心配のはずでは……」

「こんなに派手にレスターの魔法があばれているんだもの。ぼくのそんざいをかくそうとしても、いまさらだよ。それに」

からりと笑ったフェリクスは空に広げた翼を力強く羽搏かせた。

「ぼくは魔法使いとくらす魔法生物だよ。ぼくだって一人でも多くのひとをたすけたいんだ」

「フェリクス……」

「しんぱいしなくても、ひなんを手伝ったら、イヴェットたちもたすけにいくよ」

「……わかりました。ありがとうございます」

謝意を込めて、サラマンダーの首を撫《な》でた。ざらついた皮膚は小さかった頃から変わっていないが、太い首は強い生命力の象徴のようだった。

王宮の中央を目指して飛んでいる途中に、ぼそりとオリバーは呟いた。

「あんたって、格好よかったんですね」

「かわいいだけって思ってた？」

「蜥蜴は可愛《かわい》くないかと」

「蜥蜴じゃなくて、サラマンダーだよっ！」

欲しかった答えとは違ったのか、頰《ほお》を膨らませたフェリクスは風を切って空を駆ける。

「ち、ちょっとあんまり速く飛ばないでくださいよ！　こっちは鞍《くら》も手綱もないんですから」

急な加速による風の煽《あお》りを受けたオリバーは、緊迫した場面ということを忘れて愚痴が出る。

一人と一匹を運ぶ風が一段と高く舞って、王宮を駆け抜けていった。


隠し通路の行き止まりに辿り着く頃には、天井から落下した燭台の炎たちが木の床を舐め尽くす勢いで燃えていた。有害な煙を吸い込まぬよう、手巾《ハンカチ》で鼻と口を押さえたイヴェットは、集中して杖先に魔力を集めた。

大地の魔法に助力を乞い、湧《わ》き出る泉を思い描く。この空想を現実のものにするべく、目を閉じると、杖を大きく一振りした。

新芽を想起させる薄緑色の光が溢《あふ》れ出し、杖先から大量の水が生み出される。勢いよく流れた水は、床に着火してしまった炎を鎮めるため広がっていく。

流れゆく水と燃え盛る炎の勢いは、後者のほうがやや優勢であった。その様子を見比べたイヴェットが杖に一層の魔力を込めると、途端に水量が倍増する。

これほどの水量と勢いがあれば、大火事を免れることができるだろう。

（よかった。これなら……）

杖を握りながら、心のなかで安堵《あんど》の息を吐いた。同時に、大量の魔力を消費したためか頭は軽い痛みを訴えてくる。首を振ってその痛みを誤魔化したイヴェットは、物置部屋への扉の前で待つアレンに声をかけた。

「火は消したし、大丈夫よ」

「わかった。扉を開けるぞ」

古びた扉は、少し力を入れるだけでするりと開いた。

まず視界に飛び込んできたのは埃《ほこり》を被《かぶ》った甲冑だ。数世代前の時代で使われたものなのか、剣で引っ掻《か》いたような傷がところどころに残っていて古めかしい。籠手《こて》や臑当《すねあて》まで装備されているため、一瞬だけ生きた人間がいるような錯覚に陥った。

「ここが件《くだん》の物置部屋ね……」

注意深く、室内をぐるりと見回した。風の通りが少ないためか、空気は淀《よど》みがあって少し湿っている。

アレンが言った通り、甲冑の兵士をはじめ、室内は多くのもので溢れていた。いずれも時代の王子が蒐集した逸品たちなのだろう。甲冑の隣に鎮座する大剣や硝子の箱に陳列された年代物のナイフ。異国で多用される象形文字が刻印された陶器や目にも鮮やかな濃藍《こいあい》の絨毯《じゅうたん》に、宝石をちりばめて仕立てられたローブなど、多種多様な物品が所狭しと並べられていた。

広い室内であるが故《ゆえ》に、一度ですべてを観察できたわけではないが、レスターの姿は見えなかった。

「部屋の奥まで進んでみよう」

「ええ」

提案に乗って一歩を踏み出した時、背後で鉄が擦れ合う音がした。

弾《はじ》かれたように振り向くと、甲冑の兵士がそこに立っていた。その距離は随分と近く、まるで甲冑が自分の意志を持って歩いてきたようだった。

「ひっ……」

驚きと恐怖で足が竦《すく》み、即座には動けなかった。対峙する甲冑の兵士は、大剣を振りかざして襲ってくる。躱《かわ》さなければ、と思うものの、足は地面に縫い留められたかのように動かない。

斬られる。思わず瞳を閉じた。

「イヴェット！」

焦りを含んだ声が飛んでくる。

同時にふわり、と宙に浮く感覚がした。恐る恐る目を開けば、こちらを案ずるような青い瞳と視線が合った。分解の魔法が働いて、きんと耳鳴りを孕《はら》んだ。

「アレン……」

「無事か。君は下がっていてくれ」

抱きかかえていたイヴェットを下ろすと、アレンは剣を構える。狙いを外し、大剣を床に振り下ろした格好になった甲冑の兵士と対峙する。

攻撃が外れたとわかった兵士は苛立たしさを隠さず、勢いよく正面から突っ込んできた。

危ない、とイヴェットが叫ぶよりも早く、アレンが動いた。軽い身のこなしで、兵士からの斬撃《ざんげき》を躱した彼は、身を捻《ひね》らせた勢いのまま、細身の片手剣で首を正確に突いた。頭部を保護する兜《かぶと》と、胴体を包む鎧《よろい》との間に設けられた僅かな隙間を突いた一撃は、人を絶命させるのには充分な突きに思えた。

「どうだ」

剣を正眼に構えたまま、アレンは相手の反応を窺った。だが、生身の人間であれば確実に絶命していたはずの攻撃も、相手には通用しなかったらしい。甲冑の兵士は床に倒れ込んだだけで、すぐに起き上がってきた。

「くっ……。だめか」

離れた場所で見守るイヴェットも唇を噛む。相手は、甲冑にかけられた魔法を原動力にして動いているようだ。となると、有効なのはイヴェットの瞳に宿った分解の魔法だが、先ほどのベネディクトとの例もあって、素早い剣戟《けんげき》の最中に割って入ることは避けたい。

（それに、何故だか魔法の核が見えにくい……。二重の魔法で巧妙に隠しているのかしら）

目を凝らして甲冑の兵士をよく観察するが、瞳に熱が灯るような、あの感覚がしない。

しかし、このままではアレンの体力がもたなくなってしまう。何か解決の糸口はないかと、なおも見つめ続けていると、アレンの剣を受けて耐えられなくなったのか、籠手の一部が床に落とされ、イヴェットの目の前に転がってきた。

慎重にそれを手に取り、観察する。すると、籠手の内側――普通にしていては見られない場所に、魔法の核の一部を見つけた。赤い瞳が怪しく光り、それを瞬時に分解する。

イヴェットははっとして叫んだ。

「アレン、魔法の核は装備の内側に仕込まれているわ。装備を一つ一つ切り離して！　私の分解の魔法で無力化するから！」

それを聞いたアレンの反応は早かった。剣先で鎧兜を落とした彼は、続いて鎧、臑当、籠手と順番に切り離していく。露《あら》わになった装備の内側に、イヴェットは分解の魔法を送り込むことで、甲冑にかけられていた魔法の無力化を試みた。

やがて、すべての魔法の分解に成功した時、硬質な音が一際大きく鳴り響いた。

立ち眩《くら》みかけた身体を持ち直して、イヴェットはアレンのもとに駆け寄った。剣を酷使して疲労が溜《た》まっているのか、彼は肩を回しながら息を吐いていた。

「アレン、大丈夫……？」

「ああ、平気だ。イヴェットこそ――」

「お二人とも、見事な立ち回りでしたよ」

ざわりと肌が粟立《あわだ》つ。探していた人物の声に、イヴェットとアレンはぱっと顔を上げた。

見れば、部屋の奥に続いていた細い通路から、人影が生まれていた。

アレンが低い声で呟いた。

「レスター……」

伸びた人影の先に、灰色の髪を束ねたレスターが瞳を眇《すが》めて立っている。身に纏っているのは、いつもの文官服ではない。絨毯につくほど丈の長いローブは、ほかのどの色にも染まらない漆黒の色だった。

黒薔薇団の正装とも言える服装で身を包んだ彼の表情はぞっとするほど穏やかで、口元は緩く持ち上がっていた。

「やっと会えたわね。探していたのよ」

イヴェットは一歩前に出た。悠然として立つレスターに高らかに宣言する。

「あなたには、ここで捕まってもらう」

アレンを背に庇いながら、魔道具として慣れ親しんだ杖を掲げた。魔力切れを訴える頭痛と上がった心拍が、とても煩わしかった。

「ベネディクト様を唆《そそのか》してアレンに呪いをかけた……。レスターがしたことは、魔法使いたちにとっては到底許されないことよ。賢者たちの前に突き出して、その罪を裁いてもらう」

「……『レスター』ですか。敵だと見なした途端、ぞんざいな呼び方をするんですね」

精一杯すごんで見せたが、レスターの気を引いたのは、呼び方のほうだった。

喉《のど》の奥をくつくつと鳴らした彼は杖を再度構える。

「黒薔薇団は上下関係は気にしませんが、相手を軽侮《けいぶ》する者は許しませんよ。我が団に来る気なら、もう少し口の利き方を覚えたほうがいい。まあ、イヴェットには最悪その眼球一対を置いていってもらえたら、それでもいいですけど」

「……目を抉《えぐ》り出したら、魔法の効果がなくなるという可能性は考えたの？」

恐怖した心を叱咤《しった》して、イヴェットはわざと強がりを言った。

「大丈夫。ちゃんと考えていますよ。一つを失っても、もう一つの目が残っていれば、答えは自ずと知れるでしょう」

先に片目を取り出して、魔法の効果が残存しているかを確認すればいい話だ、とレスターはのたまった。片目を取り出して尚効果が持続していれば、もう片方の目も奪い取り、そうでなければ片目を失った状態のイヴェットごと連れていくのだろう。

人理から外れた思考の一片を覗いて、湧き出る恐怖がないとは言わない。だけど、と己を鼓舞するように背筋を伸ばす。自分の後ろにはアレンがいる。何としても、彼を守らなければ。

「この目は渡さない。それに、あなたたちのもとに行く気もないわ」

「おや、どうしてです？　あなたの両親は我が団所属の魔法使いだったのですよ？　あなたにも、その血が流れている。我が団員に相応《ふさわ》しい血が」

レスターの言葉は的確にイヴェットの心の柔らかい部分を抉ってくる。

少し前なら、その言葉に傷つけられていただろう。けれど今は、お守りにも似た強い言葉をかけてくれた人がいるから、多少のことでは動じない。

揺らがぬ決意を示すように、無言のまま魔力を杖先に集め始める。

研ぎ澄まされた集中から、入団拒否の意志は本気だと悟ったのか、対するレスターもローブの下から杖を取り出した。

彼が構えるよりも早く、イヴェットは魔力で火球を生み出そうとした。

――しかし。

「あれ……？」

目を瞑って、何度も魔力を杖先に集めようとした。けれども、何度念じても願っても、魔力が湧いてくることはなかった。ばかりか、自覚していた以上の疲労がどっと出て、立っていられなくなる。終《しま》いには、糸が切れた人形のようにその場に崩れ落ちてしまった。

「イヴェット！」

瞬時にアレンが駆け寄った。

重い頭痛と上がった心拍に顔を歪めながらイヴェットはレスターをきっと睨《にら》みつけた。応じる相手は肩を竦めて余裕そうな笑みを浮かべる。

「ようやく魔力切れを起こしましたか。予想よりも保ったほうですよ。道中に魔法を仕掛けておいてよかったです」

この部屋に来るまでに張り巡らされていた魔法は、イヴェットの魔力を消耗させるためのレスターの策略だったのだ。肩で息をしながら唇を噛んだ。

これでは、明らかにイヴェットたちが不利だ。

「さて、これであなたは無力になった。黒薔薇団に連れていくのも、目玉をくりぬくのも私の自由です」

歌うように話す口ぶりは、実験を楽しむ研究者そのものだ。奇異の目で見られる実験体になった心地がして、イヴェットはぶるりと身を震わせた。怯《おび》えた彼女を、アレンが前に出て庇う。

アレンに視線を移したレスターは溜息《ためいき》を吐《つ》いた。

「殿下のほうは、解呪が随分進んだようですね。折角呪いをかけたのに、勿体《もったい》ない。いっそ殿下も今の状態のまま黒薔薇団へ来ませんか。アレン殿下のような魔法使いではない者にも使える魔法だって、研究すればできるかもしれませんよ」

「断る」

アレンはばっさりと切り捨てた。

「何故ですか。魔法が使えれば、すべてが楽に運びます。面倒な交渉事も、扱いにくい官僚も、殿下が望めばその意に沿うようになる魔法だって、我々は創ってみせますよ」

「魔法の考え方が君たちとは違う。俺は、魔法は誰かを傷つけるためのものではないと知っている。イヴェットもそうだ。俺は君たちとともには行かないし、彼女も連れていかせない」

冷静沈着な声音のなかには、怒りの響きが混じっていた。アレンは静かに、けれど確かに怒っている。それが、イヴェットの心を強くさせる何よりの薬だった。

魔力を回復させるための時間を稼ごうと、イヴェットは口を開いた。

「レスターは一体、何が目的なの？　何がしたくて、ベネディクト様に取り入ったの？」

「何って、魔法の研究ですよ。イヴェットたちだって魔法の恩恵に与《あずか》っているでしょう？　それは、先代の研究者たちが紡いできた研究の成果を利用しているということです。そう目くじらを立てて否定することではないでしょう」

「でも、あなたがやっていることはたくさんの犠牲を生んでる。他者の命を魔道具のように扱ったり、洗脳させて潰し合いをさせたりすることを、私もアレンも看過できない」

「魔法使いが倫理を説く生物に成り下がっていては、今後の発展はあり得ませんよ。多少の犠牲を出しても進んできたのが私たち魔法使いです」

出来の悪い弟子をもった師のように、何度話しても理解してもらえないことを嘆くように、レスターは溜息を吐いた。

「その点、ベネディクトは私にとっていい支援者でした。金と場所を提供し、弟を実験台として差し出してくれた。けれど」

美しい思い出を語るような口ぶりで語ったのも束《つか》の間、気に入らないことを思い出したように、レスターは唇を歪めた。

「結局、彼の顔色を窺ってやる研究は面白くありませんでした。私は私の望む通りに、望むことだけを研究したい。周囲がそれを許さないのであれば、それが許される世界をつくるまで」

イヴェットは瞑目《めいもく》した。魔法が、先人たちが残した研究成果によって発展してきたことは否定しない。だが、他者を傷つけても魔法を発展させようとする彼の言動は、世界に反目する狂った研究者そのものだ。

ここで彼を止める。そうでなければならない。

「……あなたは所詮《しょせん》、他者を利用しているだけ。強大な力が己の手の中にあるという錯覚に酔っているだけだわ」

息を整える。身体はひどく疲れたままだったが、湧き出た信念が小さな身体を突き動かした。

「これだけは言える。未来永劫《えいごう》この先、黒薔薇団のやり方が支持されることはない。あなたたちの世界は狭い。研究も必ず限界が来るわ。いずれ、そう遠くないうちに」

途端、レスターの顔つきが豹変した。

「あなたに何がわかる」

強大なエネルギーの波動を感じて、一瞬目眩《めまい》がしそうになる。横たわりたくなる上体を持ち上げて、対峙する相手をきつく見返した。

「何も、何もわからないでしょう。わかるものか。十三年前のあの日、聖薔薇団の魔法は我々の研究施設をも破壊しました。連綿と受け継がれてきた我々の研究成果は、まるで無価値であるかのように燃やされ、焼き払われた。そんな者の気持ちが、あなた方にわかるはずがない」

レスターは唾《つば》を飛ばして訴えた。

「いつだって、崇高な使命を理解できぬ愚者が、優れた私たちの邪魔をする。私は、私の価値を理解しようとしない世界に、私がやってきたことが無意味だと言われたくはない」

嘘《うそ》臭さが掻き消え、鬼気迫った言い方は、確かに彼の身に起こったことなのだろうと思えた。そこにあるのは天井知らずの理想。そして、己の我欲を振りかざした人間の姿だった。

「もう、いいですよ。あなたの目玉だけくださいな」

嘯き、杖を絨毯に打ちつけたかと思うと、一瞬で距離を詰められた。狂気に染まった男の顔が視界を占領する。――一瞬だけ、瞳がかっと熱くなる感覚がした気がした。

「イヴェット！」

「邪魔ですね」

手を伸ばしてきたアレンに、レスターは忌々しそうに舌打ちをした。次いで杖の先を彼に向けると、大地の魔法が味方し強風を巻き起こす。

煉瓦《れんが》を吹き飛ばすほどの強風を真正面から受け、アレンの身体は離れた壁へと打ちつけられた。彼が掴んでいた剣も手元から吹っ飛び、絨毯の上を転がる。激突の際に、蒐集品も巻き込んでしまったのか硝子が割れる音がした。

「アレン！」

「他人より、自分の心配をしたほうがいいですよ」

「くっ……」

馬乗りになったレスターが、イヴェットの眼球に杖の先を向けていた。最後通牒《つうちょう》のごとく突きつけられ、恐怖心からイヴェットはもがいた。

「まだ抵抗するのですか」

冷たい視線を寄こした彼は、イヴェットの手から杖を引き抜く。

そして、杖の中央を起点に、目の前でそれを真っ二つに割って見せた。

「ああ……っ」

この世にある魔道具のなかで最も自分の手に馴染《なじ》んでいたものが、目の前の男によって呆気《あっけ》なく破壊されてしまった。悲痛な呻《うめ》き声を上げたイヴェットは、取り返そうと必死に腕を持ち上げる。しかし、逆に腕を取られてしまい、ぎりぎりと力強く締め上げられる。

「往生際が悪いですね。……でも、最後にもう一度だけ聞いてあげてもいいですよ。イヴェット、あなたも黒薔薇団に来ませんか」

行かない、と声に出そうとしたが、伸し掛かられているせいで、うまく息ができなかった。

思考がぼうっとして、一枚の壁を隔てたところで音を聞いているような妙な心地になる。

それを知ってか知らずか、レスターは言葉を紡いだ。

「幸運にも私はここであなたと巡り合うことができた。私が殿下に呪いをかけて、あなたが解呪の任を請け負ったからこそ、私たちは出会えました。これは、あなたが黒薔薇団に入る運命であることを意味するとは思いませんか」

にやりと、頭上で嘲笑《あざわら》われる気配がした。

「あなたにとって、黒薔薇団の研究施設は素晴らしい場所になるでしょう。深い闇の底に潜って、魔法の真理を解明するのです。選ばれし者だけが自らの手で選び取り、行きつける場所です。あなたは先ほど、我々の世界を『狭い』と言いましたが、たとえ狭くとも、そこは深い深い世界です。分解の魔法を宿すあなたにこそ、この世界は相応しい。我が団に来ませんか」

「勝手な、こと……言わないで」

掠《かす》れた声で反抗する。

杖も失い、抵抗もできず、無力になった自分が悔しく思えて、眦《まなじり》に涙が溜まった。

一滴の水が落ちたような、静寂を壊すような声が入り込んだのは、その時だった。

「行かせない」

アレンの声は、朦朧《もうろう》とする意識のなかでもはっきりと聞こえた。声のしたほうを、イヴェットは見やる。少し顔を動かすだけでも重労働で、ざりざりと毛足の長い絨毯によって顔の皮膚が傷つけられた。

壁に打ちつけられた時に負ったのか、アレンの手足には裂傷ができていた。鮮血を滴らせながら、彼は自分の足で立っていた。

「排他的で檻《おり》に入れられたような、そんな狭い世界には行かせない。イヴェットを待つのはまだ見ぬ、見果てぬ世界だ」

絞り出された声に、怒りと冷静さが混ざっていた。

「どこに行くのも何をするのも、イヴェットが決めることだ。君が決めることではない」

瞬間、アレンは腕を振り上げる。イヴェットの瞳は、彼が右手に握っているものに気づいていた。

赤い血がついたナイフが投擲《とうてき》される。硝子箱に収められていた、蒐集品の一つであったナイフだ。

刃は空気を切り裂いて、レスターの肩に刺さった。

「がっ……」

レスターの顔が、痛みに悶《もだ》えるものに変わる。その機を逃さず、イヴェットはレスターの下から這い出ようとする。相手もそれがわかっているのか、イヴェットの右腕をがしりと掴んだ。

「痛い……っ」

遠慮なしに掴まれ、長く伸ばした爪を立てられた。腕が軋んで痛い。――その時だった。

込んできた。

「イヴェットから手をはなせ！」

苦悶《くもん》の表情で耐えるイヴェットの耳に、聞き慣れた、けれど少し大人《おとな》びた育て子の声が飛び込んできた。

「……フェリ⁉」

「フェリクス！」

ほとんど同時に、イヴェットとアレンは叫ぶ。

隠し通路から通じていた扉の向こうから、サラマンダーが身を躍らせたのだ。それも、記憶のなかにある彼とは十倍ほど大きさが違う姿になって。

レスターの視線もまた、突然の闖入者《ちんにゅうしゃ》によって奪われていた。

好機を悟ったイヴェットは、無我夢中で彼の下から這い出て距離を取る。入れ替わるように、アレンがレスターに斬りかかっていった。

「アレン！　血がでてるじゃないか」

「話は後だ。援護してくれるか」

「うん、まかせて！」

頼られて嬉しいのか、フェリクスの表情がぱっと明るくなる。それを遠くから眺めながら、身体は随分と大きくなったが、あの火蜥蜴は確かに自分の育て子の彼なのだと実感する。

彼が成獣化したということは、一緒にいたオリバーの身に何かあったのだろうか。けれど、真剣ながらも時折笑みが閃《ひらめ》くフェリクスの表情を見ている限りは、オリバーの命が失われたということはなさそうだ。

大きな口を開け、フェリクスは炎を吹き出す。即座に魔法で水をつくり出し、レスターも対抗する。しかし、何度かの攻防を重ねるうちに、彼は部屋の隅へと追い込まれていく。炎の攻撃を掻い潜りながら、アレンが剣で斬り込もうとすることで、レスターの逃げ道を制限し、部屋の隅へと誘導しているからだ。

統率の取れた戦いは、まるで普段から連携をとっている騎士同士の戦いのようだった。

目を瞠《みは》らせて見守っていたイヴェットは、そこでふと、一つの違和感に気づいた。

(どうして、レスターは魔力切れを起こさないのかしら)

勿論、彼が有する魔力量が人並み外れていることはあると思う。けれど、ベネディクトにかけた洗脳の呪いはかなりの高等魔法で、魔力も相当の量を消費したはずだ。行く手を阻む隠し通路の魔法や今繰り出している魔法は、比較的平易なほうだが今に至るまで何発も発動させている。少しくらい疲労の色が見えてもいい頃だろうに、彼の肌には汗一つ見られなかった。

加えてイヴェットは、レスターに押さえつけられる直前に覚えた瞳の熱を思い出していた。分解の瞳は、彼と視線を合わせた時に、そこに何らかの魔法があることを訴えていた。ベネディクトの洗脳の魔法を看破した時と同じだ。

いくら魔法を使っても疲れの見えない身体と、分解の瞳が訴えてきた、「そこに魔法がある」

という証拠。

二つの事実を踏まえて、イヴェットは一つの可能性に思い至った。

（もしかして、目の前のレスターは本人ではないということ？）

今の彼は、甲冑の兵士のように、魔法が続く限り動くよう命令された分身体なのではないだろうか。口元に手を当てて、そんなことを考えた。

（仮説が合っているかはわからないけど、辻褄《つじつま》は合う……）

事実と断定するには材料が足りないが、彼が何らかのからくりで体力が無尽蔵になっていることは明白で、それが魔法で動いていることは確かそうだ。そして、からくりが魔法によるものであるなら、イヴェットにだって打つ手はある。

勝機が見え、胸にぽっと熱が灯るような感覚がした。次いで赤い閃光《せんこう》が胸元から溢れ出したことに気づき、イヴェットは慌てて下を向く。胸の中央――ちょうどジェナに貰《もら》った首飾りが下げられた位置から、その光は出ていた。

光はイヴェットの身体の中に吸い込まれていく。光が内側に浸透して血肉に変わるような感覚がして、気づいた時には頭痛が引き、魔力が全身を駆け巡り始めていた。

身に起こった変化から、旅のお守りとして渡された首飾りの、本当の正体を知る。

「すごいわ、身体が楽になっていく……。このお守り、魔力回復のお守りだったのね……！」

巡り始めた魔力を感じて、拳を握る。鮮烈な赤い光が身体に呑み込まれていったところで、ゆっくりと立ち上がった。その頃には、十分な量の魔力が戻っていて、疲労感も霧散していた。

アレンとフェリクスを見やると、致命的な打突を与えてはいるが、尚も倒れず魔法を繰り出してくる相手に苦戦しているようだった。推測通りにレスターが分身体であるとしても、彼を止めるには分身体にかけられた魔法を無効化させるしかない。

彼らを早く助けなければ、と駆け出したい衝動をこらえる。分解の魔法を分身体のレスターに施したいが、好戦的な相手と見つめ合うことは難しそうだ。

とすれば、魔道具に自身の分解の魔法を込めることで魔法を行使してはどうだろうか。

代替策を思いついたはいいが、最愛の魔道具だった杖はレスターによって折られてしまったことを思い出す。

一般的に、愛着のある魔道具を使って魔法を行使すると、得られる効果は最大限になると言われている。杖を失い、有効な魔法の出力媒体を失ってしまった今となっては、媒介は慎重に選ばなければならない。

徐に、イヴェットは耳元に手を当てた。小ぶりな耳飾りの硬い感触がした。

耳たぶから取り外して、手のひらに乗せてみる。アレンの瞳の色を想起させる青玉は、瑞々《みずみず》しい若葉の上に落ちた朝露みたいに清冽《せいれつ》な輝きを放っていた。

（……アレンに貰ったこの耳飾り。私にとっても大切な宝物。これなら、あるいは――）

イヴェットは大事そうに耳飾りを手の中に仕舞い込んだ。両手のひらの間には少し隙間をもたせ、耳飾りを見つめる空間を残しておいた。

想《おも》いが届くことを祈って、持てる限りの、回復したばかりの魔力を注ぎ込む。分解の魔法を魔道具に込めることは初めての試みだ。青玉を真っ直《す》ぐ見つめて、愚直に、ひたすらに、分解の魔法を閉じ込める。

(しっかり……気を抜かずに。私の魔法で、大切な人たちを守れるように)

祈りを込めて、最後の魔力を送り出す。やがて最大限の魔力を込め終わると、イヴェットは獣の咆哮《ほうこう》を思わせる大声で、敵の魔法使いの名を口にした。

「レスター！」

攻防の最中に割って入った少女の猛々《たけだけ》しい声に、レスターも一瞬だけ気を取られた。——その隙《すき》を、イヴェットは見逃さなかった。

凛《りん》とした芯を持った言葉で、力強く宣言した。

「私の進む道は私自身が決めるわ。今までもこの先も！」

だから、レスターの言う「運命」とやらに、かかずらっている暇はない。

分身体の彼に届くように、イヴェットは耳飾りを宙に投げた。

投擲された武器を警戒したのか、レスターは耳飾りを視界に入れたまま即座に杖を構える。

一方、部屋の隅へ彼を追い込んでいたアレンとフェリクスは、イヴェットの意図を理解して少し距離をとった。

宙を舞った耳飾りは青く輝き出した。魔力をたっぷりと込めたこともあってか、その輝きは室内を青一色に支配するほど強いものだった。

「あ……。何ですか、これは……」

レスターの険しい目つきが、呆けたものに変わっていく。

投げられたのはナイフや剣などの武器ではなく、分解の魔法が込められた耳飾りだと気づいたらしい。一転して焦った表情に変わったが、その時にはすべてが遅かった。

分解の魔法を浴びたレスターの身体は、瞳を起点として徐々に塵《ちり》へと変わっていく。

「……私の誘いを断ったことを、後悔しても知りませんよ」

悔しそうに眉《まゆ》を吊り上げ、しかし愉悦の笑みも浮かべながらレスターは嘯いた。

最後には、彼の肉体は完全に霧散して、跡形もなく消え去ってしまった。

こてんと転がった耳飾りを回収すると、イヴェットはその場にへたり込んだ。

「よかった……。分解の魔法が効いて」

額に滲《にじ》んだ汗を拭《ぬぐ》う。感極まった様子のフェリクスが近づいてきた。馬ほどの体躯《たいく》に育った彼を受け入れ、イヴェットはざらついた皮膚に頬を擦《こす》りつけた。

「フェリクス!」

「イヴェット! 無事でよかったよ」

「あなたのほうこそ。とうとう成獣化したのね」

「うん……。オリバーがあぶない時があってね、たすけたいって思ったら自然と力がわきでて、こうなってたんだ」

「そうか……。オリバーは無事なのか？」

アレンが心配を口にする。フェリクスはにかっと笑みを見せた。

「うん、だいじょうぶだよ！　いまごろ、レスターの魔法から王宮のみんなを守るために、安全な場所にひなんさせているよ」

「よかった。それなら、オリバーだけでなくほかの者たちも無事のようだな」

気がかりの一つだったのだろう。アレンは視線を伏せて小さく安堵の笑みを浮かべた。

「というか、アレンは他人のことより自分のけがのことをしんぱいしてよ！　血がすごくでてるじゃないか。ぼく、オリバーをよんでくるよ。お医者さまにみてほしいけど、ねむりの呪いはまだ続いているんだよね？　手当のための道具をオリバーにもってきてもらうから！」

言うや否や、フェリクスはもと来た道を戻っていった。

二人きりになって、イヴェットとアレンはどちらともなく笑みを零《こぼ》した。少し前まで両手に収まるほど小さかった彼が、まるで今は自分が年長者のような振る舞いをしていたことが、何だかおかしかったのだ。

フェリクスとオリバーを待つ間に、イヴェットは鞄から包帯を取り出した。せめての応急処置をしておこうと思ったのだ。

アレンを長椅子に座らせ、自分は彼に跪《ひざまず》く姿勢をとった。近寄ってみると、血の匂いが鼻を撃った。怪我《けが》をしたのは手足だけかと思ったが、額や腹部からも出血が見える。特に、頭部にできた傷は怖いものだ。イヴェットは躊躇《ためら》いなくアレンの顔を覗き込んだ。

「アレン、怪我の状態は……」

「待て」

額を覆う前髪を掻き分けようとする手をアレンが押しとどめた。

「強がり言ってないで診せて。包帯の巻き方くらいは師匠に教えられているから」

「そうではなくて」

アレンは瞳を閉じて言った。

「間違えて、君の瞳を視てしまう可能性があるから、診ようとしなくていい」

「私、気にしないわよ？　むしろ解呪も一緒にできて、一石二鳥で……」

言い募ろうとしたイヴェットを、アレンは片手を挙げて押しとどめた。

「この状況で解呪までしようとしなくていい。最後に使った分解の魔法は、君の持てる魔力のすべてを費やしてくれただろう。光の輝き方が今までとは違っていた」

自身も危うい状況だったろうに、よく視ている。目聡《めざと》い彼に内心で賛辞を贈った。

「今は魔力切れを起こしている可能性もある。それなのに、何かの間違いで見つめ合って、君が『眠り』の呪いにかかったらどうするんだ」

「私の分解の魔法が信用できないってこと？」

「そうではなくて……」

ふい、とアレンの顔がよそを向いた。長い睫毛《まつげ》で縁取られた瞼が瞬《まばた》きを繰り返して、ややあって彼は呟いた。

「レスターが言っていただろう。この呪いは、好意が深い者ほど長く眠らせてしまう、と」

「う、うん」

言った。言ってた。

（でも、それってつまり――）

こんな時だというのに、イヴェットの心臓は高鳴り始めていた。その動揺は、アレンの唇が動いたことに気づけないほどだった。

「俺が君の目を見つめようとしないのは、君のことを好きだからだ」

静寂のなか、はっきりとした口調で彼は言った。

イヴェットは瞠目《どうもく》した。返す言葉がすぐには見つからず、彼の整った顔を見つめて、それがからかいや冗談の類《たぐい》ではないことを確認することしかできなかった。

一方のアレンは、返答がないことを少し残念に思いつつ、薄目を開けた。イヴェットとの実験の時、こちらは常に気が気でなかったというのに、そんな思いでいたのは自分だけだったのだろうか。落胆した気持ちがほんの少しだけ顔を覗かせたのだ。

瞳を開けた彼の視界に入り込んできたのは、上目遣いになって見つめてくる少女の赤い瞳だった。

視線が交錯するかたちになってしまい、イヴェットの小さな口から「あ」と呟きが漏れた。

瞬間、きん、と耳鳴りが一つ鳴る。見つめ合った双方から軽い呻き声が上がった。

「ごめんなさい。視ちゃった。……大丈夫？」

「ああ、少し衝撃が走っただけで……」

身を起こしたアレンは自身の片目に手を当てた。

イヴェットも心配になってつい彼の顔を覗き込む。そうして、今まで見えていたはずの呪いの核が消えていることに気がついた。

「……呪いが消えてる」

「え？」

「アレンの目から、呪いが消えてるわ。『眠り』の呪いも、『眠りネズミ』の呪いもどちらとも魔法の核がなくなってる」

「本当か？　もしや、さっきの瞬間で……」

呆然《ぼうぜん》として呟く。アレンは片目を覆っていた手をおずおずと外した。

再度、真正面からイヴェットはアレンを見つめた。青い瞳のどこにも、呪いの残滓《ざんし》はなかった。念入りに視ようと中腰の姿勢をとりつつ前のめりになると、アレンの視線が何故か下がっていく。

「イヴェット」

「何?」

「……少し、近い」

ひどく言いにくそうに落とされた言葉に、イヴェットも状況を認識する。まるで押し倒そうとしている体勢をしていたことに気づき、頬を染めた。

「ご、ごめん」

離れていく熱を名残惜しく思いながら、アレンは微笑んだ。

いつだって、どんな時でも。

誰かのために力を振るう魔法使いであろうとする彼女が愛《いと》しいと思えた。

終章　魔法使いの恋

レスターの働いた悪事は、事件後すぐに書類にまとめられ、国王と重鎮たちに報告された。そのなかには、第一王子ベネディクトが起こした行動も含まれている。

ベネディクトに関しては、レスターが甘言を用いて近づいたことと、彼自身が自身の罪を認めたことから、大々的な裁きを受けるわけではないとのことだった。しばらくは王宮の離れに軟禁状態となり悔恨の時を過ごしてもらう、というのがオリバーを通して聞いた処遇だった。忠義に篤《あつ》い彼としては、より厳しい処遇を望んでいる様子だった。

師のジェナが王宮へと辿《たど》り着いたのは、その処遇が明らかになった翌日のことだった。

レスターの魔法によって潰《つぶ》されてしまった客室の代わりに、新たに与えられた部屋に入ってみたら、ジェナが寝台の上で寝ていたのだからさすがに驚いた。聞けば、借金をつくることなく新魔法の開発も出稼ぎも達成したようで、我が師匠ながら天晴《あっぱ》れだと思う。

「夜会には行かなかったんだね」

会うなり、ジェナはそう言ってきた。イヴェットを責める口調ではなかった。

窓辺に立ち、飛んできた白梟《しろふくろう》のルーナの労《ねぎら》いながらジェナは言った。

「第二王子と少し話をしたよ。今回の事件の首謀者……レスターって奴《やつ》は相当な術者だったんだろうね。自分の分身をつくり出したうえに複数の魔法を成立させてたらしいじゃないか」

「それだけに、取り逃がしたのが惜しいわ。……ねえ、ジェナなら彼の行方《ゆくえ》はわかりそう？」

「……何とも言えないね。あたしの見立てじゃ、レスターはあんたたちに正体をばらした直後に王宮から出ていってる。引き際を弁《わきま》えて、潔く退却したんだ。一応、特別閲覧室や奴の私室を後で拝ませてもらう予定だけど、尻尾《しっぽ》を掴《つか》ませる証拠を残しているとは思えないね」

「そう……」

「ま、この件は賢者にも共有するし、それを聞いて聖薔薇《ばら》団も放っておくことはしないだろうよ。おそらく奴を指名手配して行方を追うだろうね。だから、そう暗い顔をしなくたっていい」

言外に気にするな、と言われている気がした。イヴェットは小さく頷《うなず》いておいた。

「アレンとの話ってそれだけ？」

「いや、なんか謝られたね。あんたとフェリクスを危険に晒《さら》してしまってすまない、ってさ」

「え？」

思わぬ角度からの話だったので、イヴェットは瞳《ひとみ》を瞬《まばた》かせた。

大窓を豪快に開け放った師匠は、夜風に髪を遊ばせている。澄み渡った空気と花々の甘い香りが鼻腔《びくう》を掠《かす》めた。

「それで、ジェナはなんて答えたの？」

「うん？　いや、別に……。あんたに気にされることじゃない、って言っておいたよ。成り行きがどうであれ、第二王子を助けたいと思ったのも、そのために戦うことを選んだのも、すべてあんたら二人の意思だろ。強制されたことじゃない」

「うん。そうだよ」

　イヴェットは首肯した。竹を割った性格のジェナは腹芸はしない。アレンに対して蟠《わだかま》りは抱いていないらしいことがわかって、何故《なぜ》だか安心した。

「でも、あたしはあんたに謝っておかないといけないことがあるね。……分解の瞳のこと、あんたの両親のこと、秘密にしちまっててすまなかったね」

「……ううん」

「これは、後手に回ったあたしの過ちだ。いつか言うべきか、いっそ言わずにおくべきか、ずるずる悩んでいるうちにここまで来ちまった。そのせいで、きついかたちで真実を知らせてしまった。悪かったね」

「レスターが、分解の瞳のことは箝口令《かんこうれい》が出されてたんだろう、って言っていたわ。だから、迂闊《うかつ》には話せないことだったんでしょう。もしも話したら、どうして私の目にそんな魔法が宿ってるのって、私は訝《いぶか》しんだろうし」

　真相を知れば自分がどう思うか、師匠である彼女には想像がついていた。だからこそ、真実を話さずに一生を終えられるのならそれが一番いいと考えたのではないだろうか。無論、その考えの根底には弟子の幸せを想《おも》う気持ちが敷かれていることを理解している。

師の隣に並び立ったイヴェットはぐんと背筋を伸ばした。

「もう気にしてないわ。ジェナの気持ちはわかってるつもりだから」

「……そうかい。ありがとうよ」

ジェナが微笑《ほほえ》む気配がした。

衣擦《きぬず》れの音がして、イヴェットの頭にジェナの細い手が乗せられる。乱雑な手つきで頭を撫《な》でられながら、師匠の瞳を見つめた。対するジェナも弟子の真っ直《す》ぐな視線を受け止める。

「フェリクスのこともしっかり守り抜いたね。本当は、あたしがもっと早く来れていたらよかったんだろうけど……。でも、一人でよく頑張った。あんたのことを誇りに思うよ」

「……ありがとう。でも、ずっと一人でいたわけじゃなかったから」

脳裏には思い浮かぶ顔がある。今頃《いまごろ》は、眠りネズミに変化することもなく、命の危険を脅かされることもなく、穏やかな夜を過ごしているであろう彼や、彼に忠実な騎士のことを想う。

「アレンたちがいたから。たくさん助けてもらったし、優しくしてもらった。それに……」

襟に手を突っ込んで、衣服の下で揺れていた首飾りを取り出した。それを認めたジェナの目が僅《わず》かに見開く。

「ジェナがくれた首飾りも、私を助けてくれた」

魔力回復の役目を果たし終わり、今はただの装飾品となった首飾りを手にして、イヴェットは淡い月光の下で微笑んだ。


帰郷を翌日に控え、イヴェットはよく晴れた朝の王宮を歩いていた。肩の上には、成獣化前の大きさに戻ったフェリクスがちょこんと座っている。

柔らかな日差しを受けた彼は気持ちよさそうに目を細めた。

「あー、ひさしぶりだなぁ。この高さから見えるけしきは。やっぱりぼく、このくらいの大きさがちょうどいいのかも」

「あんなに成獣になりたがっていたのに、今は小さな頃に戻りたいなんて、一体どういう心境の変化なの？」

「だって、あの大きさじゃイヴェットのかたに乗れないでしょ。いっしょのおふとんでねむることだってできないし……」

返ってきたのは可愛《かわい》らしい理由で、イヴェットは思わずくすりとした。

見事成獣化を果たした彼は、身体《からだ》が大きくなることによって起こる弊害に気づいたらしく、今はジェナの力も借りて小さなサラマンダーの姿に戻っていた。有事の際は大型化ができたほうがよいが、それ以外はかつての姿が便利がいいと主張した彼の意向もあって、今後は大型化と小型化を行き来できるように訓練していくことが決まっている。

訓練の一環で小型化した彼を肩に乗せながら、イヴェットは久しぶりの重さに愛《いと》おしさを覚える。成獣化により、彼の成長を実感できたことは心から嬉《うれ》しいのだが、かつてのように過ごせることも同じように嬉しかった。

当の彼も、やはり慣れ親しんだ定位置に来られて満足なのか、鼻歌を歌って上機嫌だった。

「セディングに帰ったら何を食べようかな。大仕事がいちだんらくしたんだもの。たくさんのくだものをお腹《なか》いっぱいに食べたいなぁ」

「そうね。でも、セディングに帰ったらマードックに謝ることも忘れないでね」

「あ、そっかあ。思い出したよ。おこられるかなあ……」

「おそらくはね。謝る時は私も同席するから、心配しないで」

人気のない場所を探していたイヴェットの足は、王宮でも少し外れた場所にある庭園へと向かっていた。

生命の息吹を感じさせるミモザの黄色、可憐《かれん》な純白のアリッサム、色づく恋を連想させる桃色のオキザリス。美しい色とりどりの花々に残る朝露が、陽光を受けて光り輝いている。セディングの畑を想起させてどこか懐かしい光景だった。

誰もいないのを確認したイヴェットは行儀悪く地面に腰を下ろした。

「明日《あす》、帰るのよね……」

「イヴェット、さびしいの？」

「ちょっとね。……でも、それが自然であるべき姿だわ。私は魔法使いだし、アレンは王子だし……。住む場所も世界も違って当然なのよ。本来は」

「うう……」

フェリクスは不服そうだったが、反論はしてこなかった。

膝《ひざ》を抱えて、額をくっつける。肩に乗ったフェリクスが鼻先をイヴェットの後頭部につける感覚がした。

もやもやとした思いを呑《の》み込んでいると、草の根を掻《か》き分ける音がした。

「イヴェットとフェリクスか」

見上げると、アレンがそこにいた。

まさかこんなところで会うなんて。

思いがけぬ出来事にイヴェットは瞳を瞬かせた。

イヴェットの顔を見た彼は一瞬だけ目を瞠《みは》らせ、しかしすぐに打ち消した。

「隣、いいか」

「うん……」

衣服が土で汚れることも厭《いと》わず、彼はイヴェットの隣に座る。運動をしてきたのか、少しだけ触れた彼の身体は温かかった。

「つい先ほどまで、練兵場で鍛錬をしてきたところだ」

そう言って、彼は北の方角を指差す。風が強いため何も聞こえてはこないが、いつもは訓練に励む騎士たちの声で騒がしいらしい。

若々しい首筋を流れていく汗を、アレンは綿の布で拭《ぬぐ》った。その横顔はどこか晴れ晴れしており、かつて目の下にあった隈《くま》もすっかり消えている。

「オリバーに一本取られてしまった。実戦練習は久しぶりだったとはいえ、すっかり身体が鈍ってしまっている。情けない」

言葉尻《じり》は悔しそうだったが、声音は弾んでいた。よっぽど鍛錬が楽しかったのだと想像がついて、イヴェットは小さく笑みを浮かべた。

「イヴェットのほうはどうなんだ」

「私？」

「ああ。明日出立なんだろう。先ほどオリバーから聞いた。準備はできたのか」

「うん、一応……」

呟《つぶや》きとともに、イヴェットは面を伏せる。

その動きには当然気づいていただろう。首を捻《ひね》ったアレンは、躊躇《ためら》いがちに口を開いた。

「その……あの日以来、避けられている気がするんだが、気のせいではないだろうか」

「う」

わってしまう。

痛いところを突かれてイヴェットは呻《うめ》いた。同時に、動揺がアレンにもフェリクスにも伝

あの日以来、より正確に言えば、アレンから告白をされて以来、イヴェットは彼と二人きりになることを徹底的に避けていた。

幸い、報告書の作成や国王との謁見のためここ数日は忙しくしていたし、彼には気づかれていないと思っていた。だが、聡《さと》い彼にはお見通しだったようだ。

（でも、会ってしまったら、何を言ったらいいかわからないし、告白の返事もどうしたら……。というか、そもそもあれって告白ってとらえていいの？）

感情が忙《せわ》しなく動く。恋に気づいてから、自分の心はこんなにも多彩に色づいていく。

「……その反応からすると、これは……」

「あっ、いや、違うの。これは、気のせいではなかったんだな」

ぽつりとアレンが呟く。心なしか落ち込んだ声音にも聞こえて、イヴェットは慌てて弁解に走るが、続く言葉が見つからない。

気まずい沈黙が二人の間に流れた。

フェリクスが、しょうがないなぁとでも言うように、イヴェットの肩から飛び下りた。

「ねえ、アレン」

「うん？」

「お母さんのことはどうなったの？　君にかかっていた呪《のろ》いがとけたんだもの。ねむりからは、めざめることができたんだよね？」

「ああ、そうだ。少し前に別荘地から手紙が届いたんだが、俺の呪いが解けてほどなくして、母親も眠りから覚めたらしい。体調も良好だそうだ」

アレンは穏やかな笑みを浮かべた。

「次の休息日に静養地への訪問を予定している。直接会えて話せるのは半年ぶりだ」

「わあ、そうなんだ。よかったぁ」

会話に耳を傾けながら、イヴェットも安堵《あんど》の息を漏らした。派手ではないが、喜びをしっかりと感じさせる彼の弾んだ声も、魔法使いとして彼の願いを叶《かな》えられたことを実感させる。

「道中の護衛としてオリバーにも同行してもらう予定だ」

「そっかぁ。あ、ねえ、オリバーはれんぺい場って場所に今もいるの？」

「そうだな、しばらくは騎士団の仲間と鍛錬に励むと言っていたし、まだいると思うぞ」

それがどうかしたのか、とアレンは問うてくる。フェリクスは少しだけ寂しそうに笑った。

「ぼくらは明日に出発だから、君たちと会えなくなるでしょ。オリバーにも、おわかれのあいさつをしてこようかと思って」

「ああ、そうしてやってくれ。出立当日は慌ただしくて、ゆっくり時間が取れないかもしれないからな。彼も喜ぶだろう」

「わかった。じゃあ、またねー」

日盛りの陽光を受けた翼を逞《たくま》しく輝かせ、フェリクスは練兵場があるという方角に飛び立っていった。飛び去る直前、視線が合った育て親に対して、彼は密《ひそ》かに片目を瞑《つぶ》っていた。

残されたイヴェットは、尚も口を噤《つぐ》んでいた。話がしたいにはしたいのだが、何から話せばいいのかわからない状態だ。

アレンのほうは話したいことがあったらしい。待っていても仕方がないと悟った彼は「そういえば」と切り出した。

「国王や宰相たちと会議をしていたんだが、今後王宮では魔法使いを正式に雇うことを検討している。反対する者たちもいるだろうから、彼らを納得させることができればになるが」

意外な展開だ。イヴェットは思わず首を傾《かし》げた。

「オリバーに洗い出してもらった王宮内の不審な出来事と、君が報告した探知の魔法結果を突き合わせたんだ。すると、いくつかの事例でレスターの魔法が関与している可能性があることがわかってな。魔法使いたちに事実解明や再発防止のために協力要請ができないだろうかと、議会で話を揉《も》んでもらっているところだ」

依然として行方をくらませているレスターを、ひいては黒薔薇団の組織的行動を警戒する意味もある、とアレンは続けた。

「それで、もし正式に王宮で魔法使いを雇うことになったらの話だが――イヴェットは、王宮で働く気はないか？」

「え？」

イヴェットは驚きに瞳を瞬かせた。アレンの声にからかいの色はなく、真正面から尋ねられているとわかるのだから、尚更だ。

王宮で、魔法を活《い》かして働きたいかどうか。

心の内側に問いかけて、イヴェットはぽつりと呟いた。

「私に任せてもらえるなら。それは、願ってもないことだけど……」

「そうか。よかった」

空気が綻《ほころ》ぶ気配がした。横を見やれば、素直に喜ぶアレンの表情が見えた。初めて出会った時とは違う、強張《こわば》りがとれた柔らかい笑みだった。

目尻を下げて笑うせいか、いつもより幼く映る彼の横顔に、イヴェットは視線を奪われる。

「……さて、俺はもう行こう。鈍った身体を叩《たた》き直さないといけないからな」

「わ、私も行く。オリバーやリンジーさんにも挨拶《あいさつ》しておきたいし」

一瞬虚を突かれた彼は、しかし次の瞬間には笑顔になって、手を伸ばしてきた。

「なら、一緒に行こう。立てるか？」

掴みやすいように屈《かが》んで差し出された手を、イヴェットは見つめた。

そっと自身の手を重ねれば、強く握り返してくる。その力に優しく引っ張り上げられ、イヴェットは地面を踏みしめた。

すっかり春らしくなった軽やかな風が、王宮を渡っていく。花と土の匂いが掻き混ぜられたその風にイヴェットは赤い瞳を瞬かせた。

胸が弾んで、イヴェットは右隣に目をやった。そこで、その人も自分を見つめていたのだと気がつく。

一瞬だけ視線を合わせた彼は、反射的にぱっと顔を背けてしまい、それはもう不要だということに気づいたのか「あ」と間の抜けた声を漏らした。

勿論《もちろん》、アレンのその行動は他者を呪いに巻き込まないための優しい理由からだと知っている。それでも、その様子がなんだかおかしくて、イヴェットは噴き出した。対照的にアレンはふてくされた顔をした。

「すまない。まだ慣れていないようだ」

「ううん」

噴き出すのと同時に、心のなかで抱えていた感情や迷いも吐き出されてしまったようだ。随分と軽くなった頭を振って、イヴェットは傍らに立つ少年を見つめた。

「ねえ、アレン」

「何だ？」

名前を呼べば、まだ少しむくれた様子で彼が返事をした。視線はまだ、出会わない。

心の奥で大切に折り畳んで仕舞っていた言葉をそっと手繰《たぐ》り寄せた。

言おうか言うまいか、ずっと迷っていたことがあった。

イヴェットの薔薇色に色づいた唇が開く。すっきりと澄んだ甘さが香る風のなかに、己の声を混ぜた。

「私もあなたのことが好き」

驚き、思わずこちらを見るアレンの表情を、イヴェットは嬉しそうに見つめた。

今度は、アレンも視線を逸《そ》らさなかった。

一歩近づいた彼は、少し屈んで視線を同じ高さに保った。春の空を思わせる澄んだ青の双眸《そうぼう》が細められる。

彼の意図に気づいて、イヴェットは静かに目を瞑った。

そっと、互いの鼻先が触れ合う。吐息が近づき、唇に温かく柔らかい感触がした。

ぎこちなく回された太い腕が、イヴェットの華奢《きゃしゃ》な身体を包み込む。おずおずと抱きしめ返せば、比例するように力強く相手も抱きしめ返してくる。高鳴る鼓動は自分のものか、相手のものか。境界が曖昧《あいまい》になりながら、初めての優しい口づけに吐息が奪われた。

重なった唇は、どちらからともなく離れていく。去っていく熱を名残惜しく思いながら、イヴェットは目を開ける。頬《ほお》を微《かす》かに朱に染めた彼がそこに立っていた。

見られていることに気づいたアレンは気恥ずかしそうに片頬を手で覆う。その光景が愛おし

くて、呪いを気にせずに近くで見つめ合えることが幸福に思えて、イヴェットはまた笑った。

「行こう」

「うん」

歩く途中で、イヴェットは手を伸ばして、耳元に触れた。あの日、アレンに贈られた青玉《サファイア》の耳飾りは、今日《きょう》も耳元を飾っている。そういえば、彼に魔道具の仕組みを話してはいなかったかもしれない。お伽話《とぎばなし》にも書かれていないことであるならば、彼は今も魔道具の仕組みを知らないはずだ。失った杖《つえ》の代わりに、イヴェットが青玉を魔道具として使った、その理由も。

いつ打ち明けようか、今がいいかと内心で思案して、浮足立っている自分に気づく。

「何で笑っているんだ」

「ううん、何でもないの」

口元を綻ばせて、イヴェットは首を振った。

王宮へ来て、初めて知ったことがたくさんある。それらは時に痛みをもたらし、優しさと温かさを分け与えてくれた。

きっとこの先、イヴェットの前に広がるのは見果てぬ世界だ。歩く足取りは決して軽くはないが、耐えられぬほどではないだろう。誰《だれ》かを救うために頑張るイヴェットを、「最高の魔法使い」だと呼んでくれた、愛おしい人と歩く旅路なら。

緑の庭園に木漏れ日が落ちる。柔らかな土の上に、二人分の足跡が残されていった。

あとがき

はじめまして、富崎夕と申します。

未熟者の魔法使いと呪われた王子の物語、いかがでしたか。イヴェットの成長と冒険と恋を少しでも楽しんでいただけていたら幸いです。

新人の自分に、優しくご指導くださった担当様。受賞のご連絡をいただいた日から今に至るまで、たくさん助けていただきました。ありがとうございました。

イラストをご担当いただいた冨月一乃先生。初めてラフをいただいた時、とても嬉しくてはしゃいでおりました。物語を彩ってくださり、ありがとうございました。

また、本作の刊行に関わってくださったすべての方々へも感謝申し上げます。

最後に、読者の皆様。今このあとがきを書いている時に、作者として思うことは、皆様が少しでもこの作品を面白いと思ってもらえたら、これ以上に嬉しいことはないということです。心からそう思っています。

ここまでお読みいただき、ありがとうございました。

富崎　夕

魔法屋《まほうや》さんの弟子《でし》は
呪《のろ》われ王子《おうじ》の最高《さいこう》の魔法使《まほうつか》い

2024年11月１日　初版発行

著　者■富崎 夕

発行者■野内雅宏

発行所■株式会社一迅社
〒160-0022
東京都新宿区新宿3-1-13
京王新宿追分ビル5F
電話03-5312-7432（編集）
電話03-5312-6150（販売）

発売元：株式会社講談社
（講談社・一迅社）

印刷所・製本■大日本印刷株式会社

ＤＴＰ■株式会社三協美術

装　幀■世古口敦志・
丸山えりさ（coil）

ISBN978-4-7580-9682-9

この本を読んでのご意見
ご感想などをお寄せください。

おたよりの宛て先

〒160-0022
東京都新宿区新宿3-1-13
京王新宿追分ビル5F
株式会社一迅社　ノベル編集部
富崎《とみさき》 夕《ゆう》 先生・冨月一《とみづきいち》乃《の》 先生